KB273533

자맥질

제17회 한국해양문학상 우수상 수상작

자맥질

달과소

나는 경험을 바탕으로 동화를 많이 쓴다. 어렸을 때의 경험이나 어른이 되어서 겪었던 일들이 동화의 소재가 되는 경우가 대부분이다.

'자맥질' 역시 경험을 토대로 쓴 글이다.

오래전이었다. 바다가 좋아서 10여 년 동안 주말은 물론 평일에도 시간만 나면 바닷속을 들락거렸다. 내가 사는 부산 앞바다뿐이 아니었다. 차를 타고, 배를 타고 여러 섬들을 돌아다니며 바닷속을 드나들었다. 아름다운 바다를 보기 위해 비행기를 타고 제주도까지 가서 며칠씩 바닷속에 살다시피 했던 때도 있었다.

계절도 가리지 않았다. 여름에는 얇은 슈트(물옷)를 입고 스쿠버다이빙(자맥질)을 했고, 겨울에는 두꺼운 물옷을 입고 바다에 들어갔다.

어떤 이는 왜 바닷속을 미친 듯이 들어가느냐고 묻기도 했다. 대답은 간단하다. 바다가 좋아서다. 굳이 좋은 것들을 말하라고 하면 내 눈으로 볼 수 없는 것들이 많기 때문이다. 눈에 보이지 않는 바닷속이 나의 호기심을 자극했고, 호기심으로 인해 그 속을 드나들었던 것이다.

　　그러면서 늘 내 생각에 물음표를 남기는 게 있었다. 곳곳에 남아 있는 폐총과 울산 반구대에 새겨진 암각화였다.

　　잠수 장비가 좋은 오늘 날에도 자맥질은 매우 힘든 일이다. 하물며 돌창 하나로 고기를 잡고 고래 사냥을 했다는 게 믿어지지 않을 만큼 내게는 충격이었다. 바닷속을 드나드는 그 고통을 나는 아니까!

　　하지만 암각화를 보면, 그때도 바다를 무대로 살아가는 사람들은 매우 풍요롭고 풍족한 삶을 살지 않았을까 싶다.

　　이 글을 읽는 독자들도 바다에 관심을 갖고 어떤 방법으로든지 바다를 가까이 하며, 바다를 사랑하면 좋겠다.

　　바다를 다스리는 사람은 틀림없이 세상을 다스리게 될 테니까!

부산 장산자락에서   소민호

① 큰동굴

② 작은동굴, 암각화벽

③ 배 만드는 곳

④ 부족 침입로

⑤ 망루

⑥ 다른 부족

⑦ 고래사냥

6
7

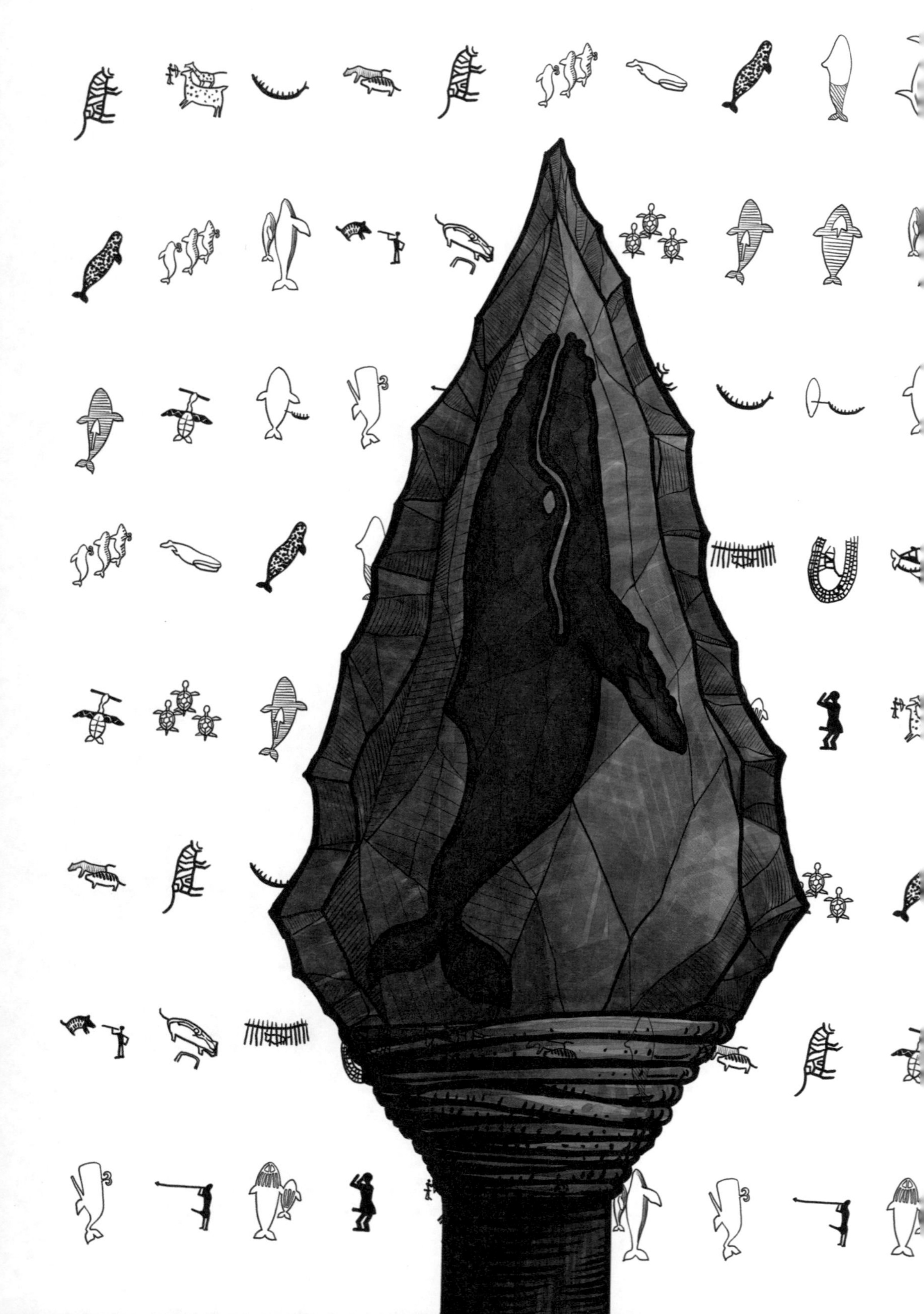

차 례

흰파도와 돌고래

몸을 낮춘 파도가 물길 따라 호수를 들락거렸다.

겹겹이 둘러선 높고 낮은 산들 사이로 흘러내리는 개울물도 호수를 채웠다.

뜨거운 차 한 잔 마실 시간이면 어디든 노를 저어 건널 수 있는 호숫가 모래톱엔 통나무배들이 물결에 몸을 맡긴 채 건들거렸다.

"허허, 녀석들 제법이구나."

동굴에서 나온 물너울이 모래톱 앞에서 자맥질하는 아이들을 보고 빙그레 웃었다.

"창도 없이 어디 가십니까?"

어디를 가나 손에서 창을 놓지 않는 물너울의 빈손이 어색해 보였던 모양이다.

"작은동굴에 간단다."

물너울이 가리키는 호수 건너편에는 바위벽이 병풍처럼 반듯하게 서 있었다. 큰 소리로 외치면 메아리가 금세라도 대답할 것 같았다.

"작은동굴에는 왜 창을 들고 가면 안 됩니까?"

아이들이 까만 눈을 깜박이며 쳐다보았다.

"영혼들이 놀라거든."

아이들은 고개를 갸웃거리다가 다시 자맥질을 했다. 영혼들 이야기보다 자맥질이 재미있는 모양이다.

통나무배에 오른 물너울은 바위벽을 향해 노를 저었다.

"왔는가."

바위벽에 새겨진 그림을 살피던 노인이 돌아보았다. 주름 많은 얼굴이지만 눈빛만은 맑고 날카로웠다.

"새김이 어른, 쉬엄쉬엄 하십시오. 건강이 나빠질까 염려됩니다."

"영혼들이 보살펴 주겠지. 그래, 바다 사정은 어떤가?"

"작은 고기 떼가 많이 모여든다고 합니다."

물너울은 고기 떼를 본 먼눈이 말을 전하며 곧 고래가 나타날 거라고 했다.

"음, 내일 나가면 되겠군!"

새김이는 하늘을 쳐다보고 혼잣말처럼 웅얼거리더니, 숯을 들고 빈 바위벽에 밑그림을 그렸다. 통나무배에 여러 사람이 노 젓는 그림과 큰 고래를 향해 창을 들고 몸을 날리는 그림들이었다. 손놀림이 마치 학의 날갯짓처럼 부드러우며 힘찼다. 밑그림을 다 그린 새김이는 청석으로 만든 검푸른 돌정과 나무 방망이를 들었다.

"그럼, 내일 바다로 나가겠습니다."

물너울은 새김이의 등을 향해 인사를 한 뒤 배에 올랐다.

새김이는 뒤도 안 돌아보고 선을 따라 돌정을 들이대고 나무방망이로 두드리기 시작했다. 돌가루가 뿌옇게 날았다. 안개처럼 피어오른 돌가루는 새김이 몸을 감쌌다.

배에 오른 물너울은 천천히 노를 저어 큰동굴로 향했다.

"응, 쟤가……?"

아침마다 해가 첫발을 디디는 물길 옆에서 열대여섯 살쯤 된 소년이 자맥질을 하고 있었다. 파도와 통나무배가 들락거리는 길목이며, 바다와 호수를 이어 주는 탯줄 같은 곳이다.

물너울은 배를 저어 가까이 다가갔다.

"흰파도, 자맥질이 많이 늘었구나."

"히히히, 감사합니다. 그런데 혼자 바다에 나가십니까?"

흰파도는 통나무배를 붙들고 물너울을 쳐다보았다.

"작은동굴에 다녀오다가 네가 있어서 왔어.

"그럼, 곧 고래 사냥을 나가시겠네요?"

청석 : 푸른 빛깔을 띤 암석.

돌정 : 돌에 구멍을 뚫거나 돌을 쪼아서 다듬는 연장을 정이라 한다.

“내일 나가려고……, 이제 너희들도 함께 해야 할 텐데……!”

“저도 고래 잡는 모습을 보고 싶습니다.”

“의논해 보자.”

흰파도는 물너울의 말을 듣고 활짝 웃으며 나뭇가지에 꿰어 갯바위에 올려 놓은 고기를 들어 보였다. 어른 팔뚝만 한 고기들이었다. 손바닥보다 큰 조개도 수북이 쌓여 있었다.

흰파도는 물너울이 탄 배에 물고기와 조개를 실었다.

“먼저 가마. 조심해라.”

물너울은 큰동굴을 향해 노를 저었고, 흰파도는 다시 자맥질을 했다.

“흰파도, 많이 잡았어?”

언덕에서 흰파도 또래의 소녀가 손을 흔들었다. 나무 열매를 채집하는 중이었다.

“응, 새소리 너도!”

흰파도도 창을 흔들었다.

“하필이면 이때 나타나서 물고기를 가져갈 게 뭐람.”

아까부터 저만치 떨어진 갯바위 뒤에 숨어서 흰파도를 지켜보던 소년이 투덜거렸다.

그때 흰파도가 다시 숨을 고른 뒤 물구나무를 서듯 바닷속으로 들어갔다.

“어, 다시 자맥질을 하잖아!”

눈이 작은 소년은 갯바위 뒤에 숨어서 흰파도가 나오기를 기다렸다.

자신이 누구의 표적이 되어 있다는 걸 모르는 흰파도는 몇 차례 물속으로 자맥질을 했다. 물의 무게가 귀를 파고들자 코를 잡고 속하품하는 것도 잊지 않았다. 제 키 열 길쯤 되는 바다 밑에 다다른 흰파도는 주위를 살폈다. 뾰족한 돌로 만든 작살 촉도 흰파도 눈길을 따라 움직였다.

흰파도는 어른 열 명쯤 둘러앉아도 남을 만한 바위로 다가갔다.

'음, 이 바위 밑이 수상해!'

조심스레 바위 밑을 들여다보던 흰파도가 움찔했다. 흙탕물이 구름처럼 피어올랐던 것이다.

흰파도는 흙탕물이 가라앉을 때까지 바위에 몸을 붙이고 기다렸다. 목구멍에서는 '꺽꺽' 숨찬 소리가 났다.

'조금만 더 참자.'

흰파도는 어금니를 앙다물었다. 눈 한 번 깜박이는 시간도 바깥에서 숨 열 번 쉬는 시간만큼 길게 느껴졌다.

잠시 뒤였다.

흙탕물이 가라앉자 안이 희미하게 보였다.

바위 밑을 들여다보던 흰파도의 눈이 동그래졌다. 제 몸집만 한 물고기가 파란 눈으로 바깥을 살피고 있었던 것이다.

흰파도는 작살을 어깨 위로 올려 뒤로 천천히 젖혔다가 던지듯 찔렀다. 다시 흙탕물이 일어나고 흰파도의 작살이 부러질 듯 휘청거렸다.

흰파도도 가슴이 터질 것처럼 숨이 찼다. 입에서 공기방울이 새어 나오고, 눈이 빨갛게 충혈되었다.

'아, 못 참겠다.'

작살을 놓고 물 위로 올라온 흰파도는 숨을 길게 토해냈다.

그때였다.

"음, 창을 놓고 그냥 올라오다니……!"

갯바위 뒤에서 흰파도의 움직임을 살피던 눈 작은 소년이 잽싸게 바닷속으로 들어갔다.

그때까지 흰파도의 작살은 바위 밑에 꽂힌 채 요동을 치고 있었다.

소년은 멈칫거리더니 빠른 손놀림으로 작살을 끌어당겼다.

힘이 빠진 물고기는 남은 힘을 다해 몸부림을 쳐 보지만 소년의 힘을 이기지 못했다. 물고기를 꺼낸 소년은 작살을 다시 바위 밑에 꽂아둔 채 물고기만 안고 몸을 숨겼던 갯바위 뒤로 올라왔다.

한편 한참 동안 숨고르기를 한 흰파도는 다시 바닷속으로 들어갔다. 바위 밑은 조용했다. 흙탕물도 가라앉아 있었다.

작살에 찔린 채 몸부림치던 물고기도 없었다.

흰파도는 바위틈에 걸려 있는 빈 작살만 들고 물 위로 올라왔다.

"에이, 제법 컸는데……!"

흰파도는 다시 자맥질을 했다.

놓친 물고기만큼 큰 물고기는 보이지 않았다.

팔뚝만한 물고기 몇 마리와 바위에 붙은 조개를 따서 갯바위 위에 올려 놓았다.

"아까 그 고기는 빠져나갔어도 살지 못할 텐데!"

흰파도는 혼자 중얼거렸다.

눈이 작은 소년은 건너편 갯바위 뒤에 숨어서 흰파도를 보고 싱긋 웃었다.

그때였다.

"삑, 삐이익-!"

바닷속에서 피리소리 같은 게 들렸다. 밖에서는 잘 들을 수 없는 소리였다. 하지만 흰파도는 반가운 듯 다시 바다에 뛰어들었다.

얼굴만 내놓고 바닷속에 몸을 숨긴 흰파도는 바깥을 살폈다.

"음, 아무도 보는 사람이 없지? 삑삑이, 여기야. 빨리 와."

흰파도는 손바닥으로 물을 찰방찰방 두드렸다. 물소리가 너울이 되어 퍼져 나갔다.

"야, 언제 봐도 멋져!"

물길 모롱이로 돌고래가 미끄러지듯 다가오고 있었다.

모롱이 : 산모퉁이의 휘어 둘린 곳

가까이 다가온 돌고래가 흰파도 주위를 빙빙 돌았다. 흰파도도 돌고래 등지느러미를 잡고 물살을 헤쳐 나갔다. 둘은 한 몸처럼 바닷속을 누볐다. 높고 깊은 가을 산을 보는 듯했다. 물풀이 바닷속을 꾸몄고, 무지갯빛 작은 물고기들이 나비처럼 새처럼 떠다녔다.

눈이 빨갛게 충혈이 된 흰파도가 삑삑이 등을 톡톡 두드렸다. 그러자 삑삑이는 흰파도를 업고 물 위로 솟구쳤다.

"푸우–! 헉헉, 구경 잘했다!"

흰파도가 삑삑이 등을 쓰다듬어 주었다. 삑삑이는 날개 같은 꼬리로 찰방찰방 물장구를 쳤다. "안으로는 더 들어가지 마. 먼눈이 눈에 띄면 큰일 나!"

흰파도 말에 삑삑이는 알았다는 듯 꼬리지느러미를 흔들었다. 하지만 갯바위 뒤에 숨어서 지켜보는 소년의 작은 눈은 피하지 못했다.

'흥, 우리 식구가 며칠 동안 먹고도 남을 돌고래를 그냥 돌려보내다니……!'

눈이 작은 소년은 입을 삐죽였다.

"물고기를 또 잡았구나."

큰동굴에서 나이가 가장 많은 대모가 물고기를 들고 들어오는 흰파도를 반겼다.

"대모님의 쉰 번째 맞는 가을에는 더 큰 고기를 잡아드리겠습니다."

해마다 그날은 부족들이 대모의 장수를 비는 잔치를 연다.

"오호, 얼마나 큰 물고기를 잡을 건데? 돌고래만큼 큰 물고기……?"

그때 눈이 작은 소년이 저만한 물고기를 메고 동굴에 들어섰다.

"쥐, 쥐눈아 ……!"

흰파도는 화들짝 놀랐다. 돌고래라는 말에도 놀랐지만, 쥐눈이가 메고 있는 물고기를 보고 더 놀랐다.

바닷속을 두 번이나 들어가게 한 그 물고기를 흰파도가 모를 리 없다.

"쥐눈이가 오늘은 큰 물고기를 잡았구나."

대모는 쥐눈이가 메고 있는 물고기를 쳐다보았다.

"저도 마음만 먹으면 얼마든지 큰 물고기를 잡을 수 있습니다."

쥐눈이가 흰파도를 보고 씨익 웃으며 물고기를 내려놓았다.

"그래, 수고했다."

대모가 쥐눈이 등을 토닥였다.

"쥐눈이, 너……, 이 고기……?"

흰파도가 어이없다는 눈빛으로 쥐눈이를 노려보았다.

"대모님, 흰파도도 돌고래만 한 큰 물고기를 잡을 겁니다."

쥐눈이가 흰파도를 힐끔 돌아보며 이죽거렸다.

"흰파도가 돌고래를 잡는다고?"

대모가 흰파도를 돌아보았다.

"야, 내…… 내가 언제 돌고래를 잡는댔어?"

흰파도가 쥐눈이를 보고 눈을 부릅떴다.

"왜 그래? 넌 자맥질을 잘해서 돌고래만큼 큰 물고기도 얼마든지 잡을 수 있잖아."

쥐눈이는 재미있다는 듯 흰파도 등을 툭 치며 동굴 밖으로 나가 버렸다.

"웬 녀석도……, 싱겁긴……."

대모는 쥐눈이가 갖다 놓은 물고기를 밖으로 가지고 나갔다.

'쥐눈이가 삑삑이를 본 모양이야. 그렇다면 못 오게 해야 해.'

흰파도의 가슴이 돌도끼를 올려 놓은 것처럼 무거웠다.

그때 동굴 밖이 시끌벅적했다. 목소리가 크고 말이 많은 큰목소리가 물고기

사냥에서 돌아온 것이다. 이어서 늘 말없이 조용한 잔물결도 바닷가에서 잡은 물고기 몇 마리를 들고 나타났다.

"오늘 너희들이 잡은 물고기가 며칠 양식이 되겠구나."

대모가 사냥해 온 물고기를 받아 어머니들에게 넘겼다. 어머니들은 물고기를 손질해서 꼬챙이에 꽂아 모닥불 옆에 세웠다.

어느 새 바닷물이 찰랑대는 골짜기에 생선 익는 냄새가 구수하게 퍼졌다.

새김이의 슬픔

"새김이 어른 몫은 흰파도가 갖다 드려라."

물너울이 흰파도를 돌아보았다.

"예, 저도 거기서 먹겠습니다."

물너울이 고개를 끄덕이자 생선 몇 마리를 챙겨 큰동굴을 나왔다. 동굴 밖으로 나온 흰파도는 통나무 배 한 척에 올라 노를 저었다. 건너편 절벽 쪽으로 뱃머리를 돌렸다.

"새김이 어른, 생선 드십시오."

흰파도가 나뭇잎에 싼 구운 생선을 내밀었다.

"잘 먹을게. 이 늙은이를 챙기는 사람은 우리 흰파도뿐이구나!"

새김이 노인이 활짝 웃으며 흰파도 얼굴을 빼꼼히 들여다보았다. 흰파도는 그런 새김이 눈을 피해 절벽 쪽으로 얼굴을 돌렸다.

“아닙니다. 물너울 아저씨가 시킨 일입니다.”

흰파도는 동굴 앞 평평한 돌 위에 생선을 내려놓았다.

“쯧쯧, 흰파도가 속상한 일이 있는 게로구나?”

새김이 노인은 혀를 끌끌 차며 생선살을 뜯어서 입에 넣었다.

“큰 물고기를 잡았었는데……!”

흰파도도 마주 앉아 생선을 먹으며 말끝을 흐렸다.

“그게 무슨 말이냐? 큰 물고기를 잡았는데 어떻게 했어?”

“쥐눈이가 가지고 갔습니다.”

흰파도는 큰 물고기를 잡은 것과 돌고래 삑삑이와 헤엄치고 놀았던 이야기를 했다.

“돌고래 한 마리면 우리 부족 며칠 양식이 된다. 그런 돌고래를 놔 준 건 우리 부족을 생각하지 않는다는 뜻으로 받아들일 수도 있지.”

새김이 노인이 흰파도 등을 토닥여 주었다.

“저, 저도 새김질을 해 보고 싶습니다.”

흰파도가 새김이 노인 눈치를 살폈다.

“대모가 알면 어떡하려고?”

“몰래 와서 새길게요.”

“안 된다. 이 일을 하려면 오랜 세월 정성을 들여야 한다. 함부로 정을 잡거나 그림을 새기면 신의 노여움을 사서 우리 부족들에게 나쁜 일이 생겨.”

새김질 : 물건의 바탕에 글씨나 형상을 파는 일.

흰파도는 아무 말도 못하고 고개를 숙였다.
"오늘 잡았던 물고기를 새기고 싶은 게냐?"
"그게 아니고 ……, 돌고래……."
"음, 돌고래는 어떻게 만났느냐?"

흰파도는 새김이 노인의 눈치를 보다가 입을 열었다.

"어느 날, 바다에 잠긴 굵은 나뭇가지 사이에 꼬리가 끼어 버둥대는 돌고래를 보았습니다. 그냥 두면 죽을 것 같아서 자맥질을 해서 꼬리를 빼내 줬습니다. 그 뒤부터 그 돌고래는 나를 알아보고 내가 바다에 들어가면 찾아와서 함께 놀았습니다. 삑삑이라는 이름도 내가 지어 주었고요."

"음, 그런 일이 있었구나. 하지만 식구들 가운데 누구라도 보게 되면 돌고래는 무사하지 못할 텐데! 그리고 여기 새긴 고래나 짐승들은 모두 죽은 것들이야. 우리에게 양식이 되어 준 영혼들을 달래고, 우리에게 귀한 양식을 주신 신들께 감사하는 마음을 담은 것이란다."

새김이 노인이 그윽한 눈길로 흰파도를 바라보았다.

"그래서 제가 여기 새기려는 겁니다. 돌고래 삑삑이가 살아 있지만, 여기 새기면 죽은 줄 알고 영혼들이 돌봐줄 거고, 신들도 영혼들과 함께 있는 삑삑이를 우리의 양식으로 보내지 않을 것 아닙니까?"

흰파도는 새김이 노인에게 사정을 했다.

"허허, 녀석하고는……, 신을 속이자는 말이냐?"

"꼭 그런 건 아니지만……, 아무튼 삑삑이는 사람들 손에 안 잡히고 오래 살면 좋겠습니다."

"알았다. 숯으로 여기 그려 놓아라. 새기는 건 네가 할 수 없으니 내가 새기마."

새김이 노인에게 숯덩이를 건네받은 흰파도는 제 눈높이에 맞게 그렸다. 새 부리처럼 톡 튀어나온 주둥이와 통통하면서도 매끈한 몸, 나뭇잎 두 장을 묶어 놓은 듯한 꼬리까지 어른 손바닥만 하게 삑삑이를 그렸다.

"음, 그림을 잘 그리는
구나!"
새김이 노인은 새김질
을 멈추고 흰파도를 돌
아보았다.
"새김이 어른께서 그리는 걸 자
주 봐서 그런지 낯설지 않습니다."
"허허허, 녀석……."
　새김이 노인은 방망이로 정을 두드렸다. 정은 그림을 따라 톡톡 튀면서 하
얀 돌가루와 함께 맑은 소리를 냈다.
　새김이 노인 얼굴과 머리가 금세 하얘졌다.
　그리기를 다 한 흰파도는 바위벽에 새겨지는 큰 고래 그림에 빠져들었다.
　"네가 그린 돌고래는 내일 새기마. 곧 어두워질 텐데, 가야지?"
　"새김질이 재미있어요. 구경 더하면 안 됩니까?"
　"안 될 거야 없지. 헌데 이게 재미있어 보인다고?"
　"예. 저도 배우고 싶습니다."
　새김이 노인이 방망이질을 멈추고 흰파도를 돌아보았다. 그 눈빛에는 걱정
이 얼핏 스쳐 지나갔다.
　"이 일은 재미로 하는 게 아니란다. 많은 고통이 따르고, 마음에 품은 것이
나 내 손에 쥔 것들을 모두 버려야 해."
　새김이 노인은 흰파도를 보고 머리를 절레절레 흔들었다.

"저는 가진 게 아무 것도 없습니다."

"허허허, 그러면 나처럼 평생을 여기서 보낼 수 있어야 해. 바닷속 아름다움을 잊고 이곳 영혼들과 함께할 수 있겠느냐?"

다짐을 받듯 흰파도 눈을 뚫어지게 들여다보던 새김이 노인은 자신의 젊은 날들을 슬슬 풀어 놓았다.

구름은 작살 하나로 바닷속을 누볐다. 잔잔한 바닷속에 비친 구름처럼 바다에 들어가면 다른 사람들보다 오래 견뎠다. 그래서 물고기도 누구보다 많이 잡았다.

"우리 식구들은 구름 때문에 배곯지 않고 늘 풍요롭게 산다."

"재주 있는 한 사람이 부족 모두를 먹여 살리는 거야!"

사람들은 구름을 볼 때마다 고마워했고, 구름은 고래 사냥이 없는 날은 식구들의 양식이 될 물고기를 잡기 위해 바다에 들어갔다.

구름은 한 마리를 잡아도 큰 고기를 잡아야겠다는 욕심이 생겼다. 큰 고기를 찾아서 깊은 바다로 들어갔다. 몸을 누르는 물의 무게도 참아야 했다.

그렇게 큰 고기를 따라다니며 바다 깊이 들락거리던 구름은 물의 압력 때문에 그만 한쪽 귀 고막이 터지고 말았다. 코에서도 귀에서도 피가 났다.

'며칠 있으면 낫겠지.'

그래도 구름은 바다에 들어갔다. 제가 물고기를 사냥하지 않으면 식구들이 굶을 것 같다는 생각이 편안하게 쉬도록 내버려 두지 않았다. 날이 갈수록 귀가 점점 더 아팠다. 자맥질도 귀가 아파서 오래 할 수 없었다.

부족들도 구름의 그런 아픔을 알게 되었다. 제일 걱정을 한 사람은 새벽이슬이었다. 구름을 좋아하는 새벽이슬은 남몰래 눈물을 흘리며 신들에게 기도를 했다. 하지만 구름의 한 쪽 귀는 소리를 들을 수 없게 되었다. 바다에도 들어갈 수 없었다.

그러던 어느 날이었다. 구름은 어른들을 따라 바위벽 구경을 하게 되었다.

"아, 이 그림들은……!"

구름은 새김이의 손놀림과 바위벽에 새겨지는 그림들을 보면서 바닷속을 새기고 싶다는 생각이 가슴속에서 꿈틀거렸다.

다음날부터 구름은 자맥질을 하는 것처럼 해서 아무도 몰래 바위벽에 갔다. 바위벽에는 새김이 혼자 외롭게 새김질만 하고 있었다.

"저도 새김질을 하면 안 될까요?"

새김이는 구름을 지긋한 눈길로 바라보았다.

"너는 이 일을 하게 되면 네가 좋아하는 바다에는 들어가지 못한다. 그래도 좋으냐?"

"예. 이제 바다에는 들어갈 수 없습니다. 그래서 여태껏 구경한 바닷속과 잡은 물고기들의 영혼을 새기고 싶습니다."

구름은 무엇에 홀린 듯이 말을 쏟아냈다.

"구름아, 귀 아픈 일 말고도 무슨 일이 있는 게지?"

새김이는 구름의 눈을 뚫어지게 바라보았다.

구름은 그 눈을 바로 보지 못했다.

"저……, 업, 없습니다."

구름은 눈을 내리깔고 말을 더듬었다.

“네 마음은 네 눈에 다 나타난단다. 왜, 새벽이슬이 네게 마음을 열지 않느냐?”

구름과 새벽이슬이 서로 좋아하는 사이라는 건 식구들이 다 아는 일이었다.

“예, 큰곰에게 마음이 있나 봅니다.”

더는 새김이 눈을 속일 수 없다고 여긴 구름은 제 마음을 털어놓았다.

구름과 새벽이슬은 어려서부터 늘 함께 다녔다. 새벽이슬이 열매나 풀뿌리를 채집하러 가면 구름이 바구니를 들고 따라갔고, 구름이 바다에 들어가면 새벽이슬은 바닷가에 앉아 기다렸다.

그렇게 둘은 나이가 들면서 서로 사랑하게 되었다. 하지만 구름이 귀를 다쳐서 바다에 들어갈 수 없게 되고부터 두 사람 사이가 점점 멀어졌다. 만나면 서로 다투기까지 했다.

그러던 어느 날 한 소년이 사냥을 나가서 큰 곰 한 마리를 잡았다. 식구들은 그 소년에게 큰곰이라는 새 이름을 지어 주었다. 큰곰은 그 뒤부터 새벽이슬을 마음에 두고 가까이하기 시작했다. 새벽이슬도 용감하고 힘이 센 큰곰이 싫지 않았다. 그런 모습을 지켜보는 구름은 큰동굴이 싫어졌다. 식구들 얼굴도 피하고 싶었다. 그때 마침 어른들을 따라 바위벽에 가게 되었고, 그곳을 보고는 자신의 피신처로 여겼던 것이다.

"마침 내 뒤를 이을 사람이 필요했다. 그렇다고 네가 이 일을 할 수 있는 건 아니다. 먼저 식구들과 의논을 해야겠다."

다음날 새김이는 연기를 피워 큰동굴 식구들을 불렀다. 식구들은 오랜만에 바위벽 아래에 모였다. 구름도 그 자리에 함께했다.

"구름이 이 일을 하고 싶어 합니다."

새김이는 식구들에게 구름이 새김질을 하고 싶어 하는 마음을 먼저 알렸다.

"구름이 자맥질도 잘하고 물고기도 많이 잡는데……."

"귀를 다친 뒤부터 물에 못 들어가니까 안타깝다."

"물고기 영혼들이 구름을 저렇게 만든 게 아닐까?"

사람들이 저마다의 생각을 털어놓았다.

"이 일은 보통의 마음으로 할 수 있는 일이 아닙니다. 많은 영혼들을 위해 제 영혼을 바쳐야 하며, 어떤 고생이 따라도 포기하지 않는다는 맹세를 식구들 앞에서 해야 합니다. 또한 여러분들도 마음을 모아 이 일을 잘할 수 있게 응원을 해줘야 합니다."

새김이가 모인 사람들에게 구름이 새김이가 된다는 걸 알렸고 구름은 식구들 앞에서 맹세를 했다. 새김이는 마지막으로 바위벽을 보고 양식이 되

어 준 영혼들과 신에게도 구름이 새김이로 거듭나는
것을 알렸다. 그렇게 새김이가 된 구름은 작은동굴
에서 새김이 어른과 함께 지냈다.

"나는 그 뒤 힘든 일이 참 많았단다."
구름이라고 불리었던 새김이 노인은 골짜기
사이로 펼쳐진 큰바다를 그윽한 눈길로 바라보았다.
눈꼬리가 촉촉하게 젖어 있었다.
"새벽이슬이라면 혹시……?"
"그렇다. 대모다. 큰곰은 그 뒤 사냥을 하다가 크게 다쳐 목숨을 잃었지."
새김이 노인은 고개를 끄덕였다.
"힘든 일은 어떤 것들이었습니까?"
흰파도는 까만 눈을 깜박이며 새김이 노인을 빤히 쳐다보았다.
"아까도 말했지 않느냐. 이 일을 하려면 늘 몸가짐과 마음가짐이 정갈해야
하고 새김질을 할 때는 잡다한 생각을 품지 말아야 한단다. 바로 영혼들을 달
래고 새롭게 태어나게 하는 일이기 때문이지. 이런 큰 책임을 맡았으니 내 마
음과 몸이 얼마나 무거웠겠느냐!"
"그런 이유 때문에 여태껏 큰동굴에도 안 오셨던 겁니까?"
"꼭 그것 때문은 아니란다. 꼭 그래야만 하는 건 아니지만, 잠시라도 여기를
떠나고 싶지 않았단다."
새김이 노인은 먼바다 쪽으로 눈길을 돌렸다. 눈에는 그리움이 출렁거렸다.

통나무 배

동굴 안에는 어른, 아이 할 것 없이 사람들이 둘러앉았다.

"대모님, 이제 애들도 고래사냥을 나가야 하지 않겠습니까?"

물너울이 목소리가 굵어진 흰파도와 쥐눈이 또래 아이들을 가리켰다.

"나도 그런 생각을 하고 있었어. 지난번에 쥐눈이가 잡은 큰 물고기의 창 자국을 보고 힘을 느꼈지."

동굴에 모인 사람들의 눈길이 쥐눈이에게 모였다.

쥐눈이는 어깨를 으쓱하며 새소리를 돌아보았다. 새소리는 애써 눈길을 피했다. 흰파도 또래인 잔물결과 큰목소리도 부러운 눈빛으로 쥐눈이를 바라보았다.

"그러면 애들이 탈 통나무배를 한 척 더 만들어야 하겠습니다."

홈팜이가 나섰다.

"그렇게 하게. 이번 배는
좀 큰 나무로 만들면 좋겠어."

"예, 깊은 산에 가서 고목을 찾아보겠습니다."

며칠 뒤 홈팜이와 불잡이는 수명을 다해 속이 빈 고목
을 베어서 남은 속을 파냈다. 불을 지펴서 숯처럼 탄 자리를 돌도끼로 파내고 또 불로 태워 파내기를 거듭했다.

"배 만드는 게 이렇게 힘듭니까?"

흰파도가 배 만드는 모습을 보고 혀를 내둘렀다.

"왜, 힘들어 보이냐?"

"예, 힘도 들어 보이지만, 오랫동안 똑같은 일을 하려면 지루하기도 하겠어요."

"그러니까 귀한 물건이지."

홈팜이는 숯이 된 곳을 돌도끼와 돌자귀로 파내며 웃었다. 홈이 조금씩 커지고 깊어졌다. 흰파도와 쥐눈이, 그리고 잔물결과 큰목소리는 시간만 나면 배 만드는 곳에 들렀다.

"와, 벌써 이만큼이나 팠어요?"

흰파도가 넓게 파인 홈을 들여다보았다. 불잡이가 불로 태운 자국이 숯덩이처럼 남아 있었다.

홈팜이가 도끼질을 멈추고 흰파도와 쥐눈이를 돌아보았다.

"이번에 만드는 배는 다른 배들보다 커서 고래 사냥하기 좋을 거다."

"배를 타고 먼바다에 나갈 생각을 하니까 가슴이 막 뛰어요."

쥐눈이는 배가 되어가는 통나무를 만지며 활짝 웃었다.

"이 배를 타고 큰 고래를 잡아서 우리 식구들에게 배부른 행복을 맛보게 해다오!"

돌자귀 : 나무를 깎아 다듬는 연장의 하나. 여기서는 돌로 만든 자귀.

홈팜이 말에 쥐눈이는 고개를 끄덕였다.

"예, 참, 넌 먼바다까지 나갈 게 뭐 있어. 가까이에서도 고래를 잡으면 되지!"

쥐눈이가 흰파도를 보고 싱글거렸다.

"고래라니?"

"몰고 들어오지 않아도 고래가 스스로 여기까지 들어와?"

잔물결과 큰 큰목소리가 놀라서 흰파도와 쥐눈이를 바라보았다.

"아, 아니야. 그, 그런 게 어디 있어!"

흰파도는 두 아이를 향해 손사래를 치며 펄쩍 뛰었다.

"그 말에 왜 그렇게 놀라는 거야? 너는 자맥질을 잘하니까 혹시 돌고래라도 잡을 수 있겠다 싶었는데!"

쥐눈이가 말꼬리를 흐리면서 싱긋 웃었다. 뭔가 비밀을 알고 있다는 눈빛이었다.

"아무리 자맥질을 잘해도 혼자서 고래를 잡을 수는 없어!"

쥐눈이와 흰파도의 마음을 모르는 큰목소리가 나섰다.

"다른 사람은 안 돼도 흰파도는 할 수 있을 걸."

쥐눈이는 콧노래를 부르며 바다가 잘 보이는 솔숲 쪽으로 걸어갔다.

"쥐눈아, 잠깐만."

흰파도가 따라가면서 불렀다.

"왜, 내게 할 말이라도 있어?"

"너는 왜 나만 보면 돌고래를 들먹여?"

“몰라서 물어? 넌 돌고래랑 함께 잘 놀잖아.”

“그, 그걸 어떻게……?”

“걱정하지 마. 아무에게도 말하지 않았으니까. 하지만 네가 내게 어떻게 하느냐에 따라 내 마음이 달라질 수 있다는 걸 미리 말해 줄게!”

쥐눈이는 친절하게 협박을 했다.

“어, 어떻게……?”

“그건 네가 알아서 할 일이고!”

쥐눈이는 멍하게 서 있는 흰파도의 어깨를 툭툭 친 뒤 솔숲으로 사라졌다.

“휘익, 휘리릭~, 고래다!”

그때 언덕배기 키 큰 나무 위에서 휘파람소리와 고함소리가 동굴 쪽으로 울렸다.

나무 위에서 망을 보다가 바다에서 고래가 나타나면 소리치는 먼눈이었다.

어른들은 그 소리에 따라 통나무배를 타고 바다로 나갔다.

먼눈이의 고함소리에 흩어져 있던 큰동굴 식구들은 호숫가에 모였다.

“너희들도 같이 나가자.”

물너울이 네 명의 아이들을 보고 손짓을 했다.

이어서 통나무배 한 척에 일고여덟 명씩 타고 먼바다로 나갔다.

네 명의 아이들도 각각 어른들 틈에 끼어 배를 타고 처음으로 먼바다에 나갔다.

“바로 저기다. 힘내라!”

물너울이 앞장선 배의 뱃머리에 서서 뾰족하면서도 어른 손바닥보다 큰 작살을 흔들며 소리쳤다. 긴 장대와 하나가 된 뾰족한 돌창날이 하늘을 찔렀다.
배 다섯 척은 물너울 신호에 따라 옆으로 퍼져서 한 곳을 에워쌌다.

잠시 뒤 등이 시커먼 고래가 나타났다. 바위섬이 솟아오르는 것 같았다. 몸
곳곳에는 작은 따개비들이 다닥다닥 붙어있었다.

"푸우우—!"

바다의 한숨소리였다. 고래의 콧구멍을 통해 바다가 물보라와 함께 긴 한숨
을 토해내는 소리였다.

"와, 숨소리 한번 크다!"

가까이에서 고래 숨소리를 듣는 게 처음인 아이들의 눈이 동그래졌다.

그 사이 배들은 고래를 빠르게 에워쌌다.

놀란 고래는 어쩔 줄 모르고 나부댔다. 바다 깊이 몸을 숨기지 못하고 자꾸
만 물 위로 치솟으며 물을 내뿜었다.

그때 또 한 마리가 물 위로 떠올랐다. 큰 고래 절반도 안 되는 작은 고래였다.

"어, 잠깐, 새끼 고래다!"

창잡이 물너울이 소리쳤다.

어미고래는 새끼를 보호하기 위해 피하지 않았던 것이다.

"그냥 잡으면 안 됩니까?"

쥐눈이가 물너울을 향해 소리쳤다.

"안 돼. 물러나!"

물너울이 창을 흔들며 물러서라는 신호를 했다. 어미고래를 둘러싼 배들은
물너울 손짓에 따라 포위망을 풀었다.

물너울은 신호를 하며 배를 한쪽으로 모이게 해서 다른 고래를 포위했다.

새끼를 데리고 있는 어미고래보다는 몸집이 좀 작았지만 그래도 그 크기가 만만치 않았다.

"자, 내가 신호를 하면 함께 뛰어든다."

창잡이들이 뱃머리에 서서 바다를 뚫어지게 내려다보았다. 창을 잡은 팔에는 근육이 파도처럼 꿈틀거렸다.

"뛰어!"

물너울이 고함을 지르며 창을 움켜쥐고 물로 뛰어들었다. 창을 들고 기다리던 창잡이들도 동시에 창을 휘두르며 뛰어들었다.

금세 바다가 붉은 빛으로 물들었다.

고래는 여러 자루의 창이 꽂힌 몸을 뒤척이며 몸부림을 쳤다. 붉은 파도가
높이 치솟으며 통나무배를 집어삼킬 듯이 출렁거렸다.

"앗, 조심해!"

물너울이 소리치며 물속으로 뛰어들었다.

창질을 하던 한 사람이 고래 꼬리에 맞아 정신을 잃은 채 바닷속으로 가라
앉고 있었던 것이다.

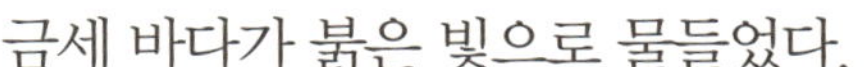

붉은 바닷속으로 들어간 물너울은 그 사람을 안고 올라왔다. 죽은 듯 축 늘어져 있었다.

"빨리 돌봐 줘."

물너울은 다시 창을 움켜잡고 고래를 향해 뛰어들었다.

"이얏!"

물너울의 창은 고래의 가슴을 파고들었다.

"앗, 위험해!"

흰파도가 소리쳤다.

물너울이 고래와 함께 바닷속으로 들어간 것이다.

배에 탄 사람들도 그 모습을 보고 입만 딱 벌렸다.

잠시 뒤 고래가 떠올랐다. 물너울도 고래 배에 붙어 함께 떠올랐다. 꼭 바위섬에 붙은 따개비처럼 보였다.

"와, 드디어 잡았다!"

허연 배를 보이는 고래를 보고 사람들이 환호를 했다.

물너울은 풀줄기와 칡덩굴로 꼬아 만든 밧줄로 고래를 묶었다. 다른 사람들도 여러 가닥 밧줄로 고래를 묶어 배에 매달았다.

축 널어진 고래는 통나무배 네 척을 합친 것보다 더 컸다.

그렇게 해 뜰 때부터 해질녘까지 파도를 헤치고 잡은 고래를 묶어서 호수로 끌고 들어왔다.

"새김이 어른이 잘 볼 수 있게 밧줄을 당겨라."

물너울 말에 따라 고래를 끌고 온 배들은 바위벽 가까이 댔다.

“수고들 했네!”

새김이 노인이 작은동굴에서 나와서 고래를 확인했다. 고래의 크기며 모양새를 눈여겨보는 것이었다.

“이제 끌고 가게.”

새김이 노인이 손짓을 하자 다시 통나무배들은 맞은 편 큰동굴 앞으로 고래를 끌고 갔다.

기다리고 있던 사람들은 춤을 추며 반겼다. 대부분 노인들과 여자들, 그리고 아이들이었다.

“너희들도 거들어라.”

아이들도 개미떼처럼 고래에 달라붙어 고기와 살을 발라냈다.

“흰파도야, 돌고래는 저 고래보다 작지?”

쥐눈이가 흰파도 옆구리를 쿡 찔렀다.

"아이쿠, 깜짝이야!"

흰파도는 화들짝 놀랐다.

"뭘 그렇게 놀라는 거야? 너는 돌고래랑 친하게 지내잖아!"

흰파도는 무슨 말을 하려다가 입을 다물었다. 사람들이 알면 돌고래 삑삑이는 무사하지 못하다. 흰파도 자신도 모두에게 미움 받을 게 뻔하다.

이런 걸 잘 아는 쥐눈이는 걸핏하면 흰파도를 집적댔다. 흰파도는 그런 일이 자주 일어나면서부터 쥐눈이를 피했다. 어쩔 수 없이 쥐눈이를 마주치게 되면 목을 먼저 움츠렸다.

"앞으로 너희들은 내가 시키는 대로 해. 안 그러면 서로가 힘들어져!"

큰목소리와 잔물결도 쥐눈이 앞에서 꼼짝 못했다.

물고기를 사냥하는 일은 흰눈이를 시켜서 제 공으로 돌렸다. 큰목소리와 잔물결이 앞으로 몰아 준 노루와 산토끼를 힘 안 들이고 사냥을 하기도 했다.

"허허, 쥐눈이가 자맥질도 잘하고 사냥도 어른들 못지않게 잘하는구나."

"한 사람의 잘못된 생각이 가족을 불행하게도 하지만, 뛰어난 한 사람이 가족을 먹여 살리기도 한단다."

대모가 아이들을 둘러보며 고개를 끄덕였다.

"쥐눈이는 우리 식구들을 행복하게 할 거야!"

어른들은 쥐눈이가 당연히 가족의 중심이 될 것이라 여기면서도 또래의 아이들이 썩 좋아하지 않는 모습을 보고 걱정도 했다.

"자, 이 살코기는 바람이 잘 부는 솔숲에서 말리고 이것들은 안으로 갖고 가자."

　대모는 어른들도 겨우 들 만큼 큰 고래 고기 몇 덩이를 솔숲 나뭇가지에 걸어두게 했다.

"거기 걸어두었다가 지난번처럼……?"

"어찌 내 배고픈 것만 생각하느냐!"

대모에게 꾸중을 들은 장정들은 고래 고기를 메고 솔숲으로 들어갔다.

"아이고, 아까워라!"

"없어질 걸 뻔히 알면서 왜 이러시는지 몰라!"

장정들은 각자 메고 온 고래 고기 덩어리를 튼튼한 나뭇가지에 걸어두고 동굴로 돌아왔다.

그렇게 호숫가에는 어둠이 깔리고 동굴 안에는 지친 숨소리와 함께 모닥불이 잔잔한 파도소리에 맞춰 가물거렸다.

침입자

밤이 깊었다. 골짜기엔 고래 비린내로 가득했다.

"새소리, 너는 나중에 내 아내가 되어야 한다."

동굴 옆 소나무 숲에서 속삭이는 소리가 들렸다.

"싫어. 나는 흰파도의 아내가 될 거야!"

새소리의 매몰찬 말에 쥐눈이의 눈빛이 번뜩거렸다.

"네 마음대로 안 될 걸. 흰파도는 너를 좋아할 수 없을 테니까!"

"……."

쥐눈이의 꼿꼿한 목소리에 새소리는 할 말을 잊은 듯 까만 눈만 깜박였다.

"나는 식구들에게 인정을 받은 뒤 너를 아내로 맞을 거야. 그러니까 딴 마음 먹지 마!"

쥐눈이는 작은 눈을 더욱 가늘게 뜨고 새소리를 노려보았다.

"들어갈래."

새소리는 쫓기듯 큰동굴로 뛰어 들어갔다. 쥐눈이도 싱긋 웃으며 그 뒤를 따라 큰동굴로 들어갔다.

쥐눈이가 사라진 뒤였다. 풀숲과 산자락에서 그림자들이 서서히 모습을 드러냈다. 늑대들이었다. 늑대들은 땅바닥에 주둥이를 들이대고 킁킁거리거나 서로 마주보고 으르렁거렸다. 냄새밖에 없는 빈 땅을 앞발로 파헤치기도 했다.

"킁킁, 으르렁……."

잠시 뒤 늑대들은 코를 벌름거리며 솔숲으로 들어갔다.

숲 속에는 고래 고기 덩어리들이 옹이와 나뭇가지에 걸려 있었다.

늑대들은 낮은 가지에 걸린 고깃덩이들을 물어 내렸다.

"가르렁……!"

"으르렁……!"

늑대들은 서로 많이 먹으려고 으르렁댔다. 눈치를 보면서 허겁지겁 먹어대는 늑대도 있었다.

그때였다. 어디선가 발자국 소리가 들렸다. 발소리를 죽이고 걷지만 늑대들 귀에는 또렷이 들렸다. 늑대들은 고기를 물고 귀를 쫑긋 세웠다.

발소리가 점점 가까워졌다. 늑대들은 먹던 고기를 입에 문 채 슬금슬금 어두운 숲속으로 모습을 감췄다. 동굴 앞은 조용해졌다.

그때, 조용해진 모래밭에 침입자들이 소리 없이 나타났다. 몸집이 우람한 다섯 명의 장정들이었다. 저마다 손에는 창과 돌도끼를 들고 있었다.

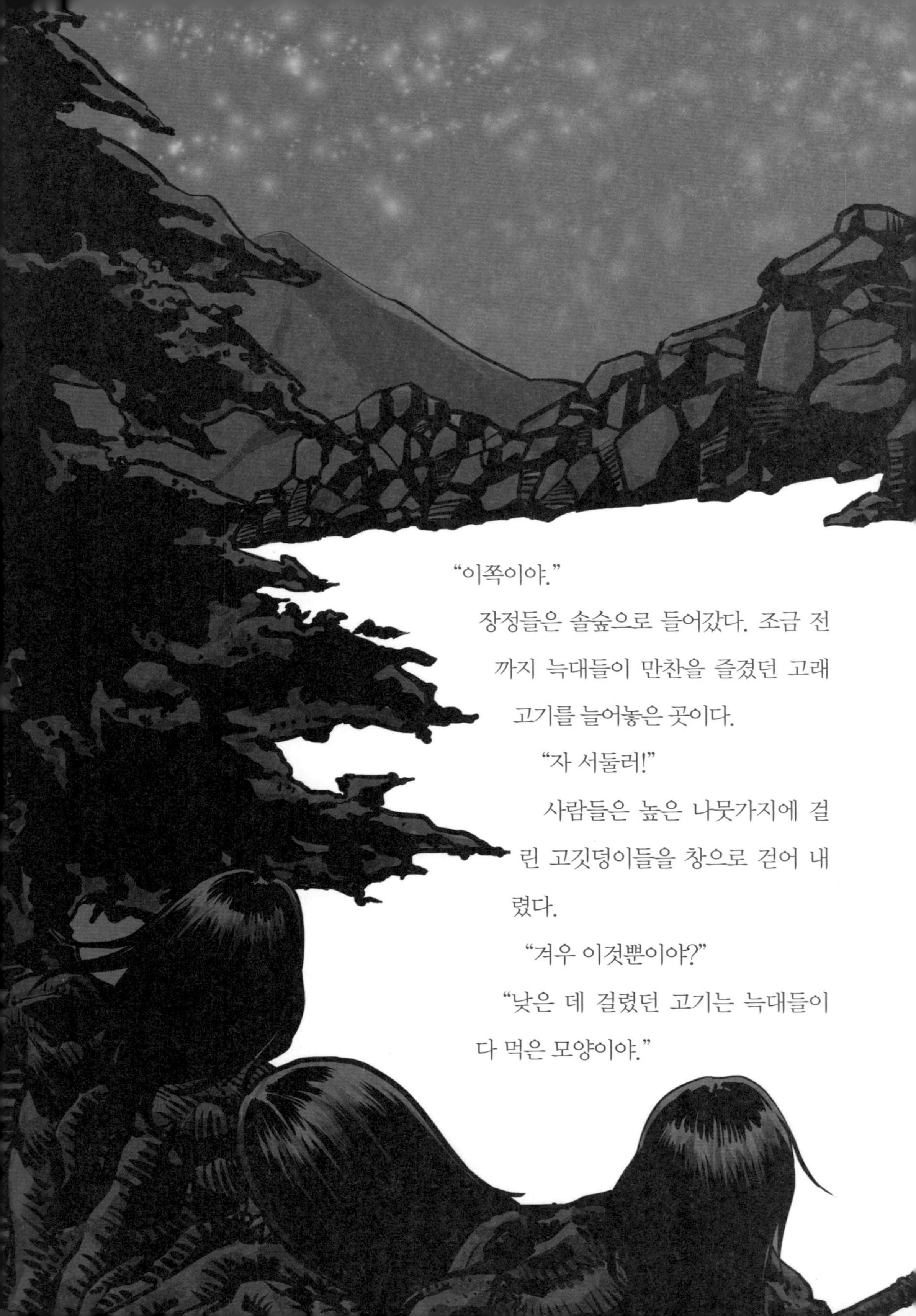

“이쪽이야.”

장정들은 솔숲으로 들어갔다. 조금 전까지 늑대들이 만찬을 즐겼던 고래 고기를 늘어놓은 곳이다.

“자 서둘러!”

사람들은 높은 나뭇가지에 걸린 고깃덩이들을 창으로 걸어 내렸다.

“겨우 이것뿐이야?”

“낮은 데 걸렸던 고기는 늑대들이 다 먹은 모양이야.”

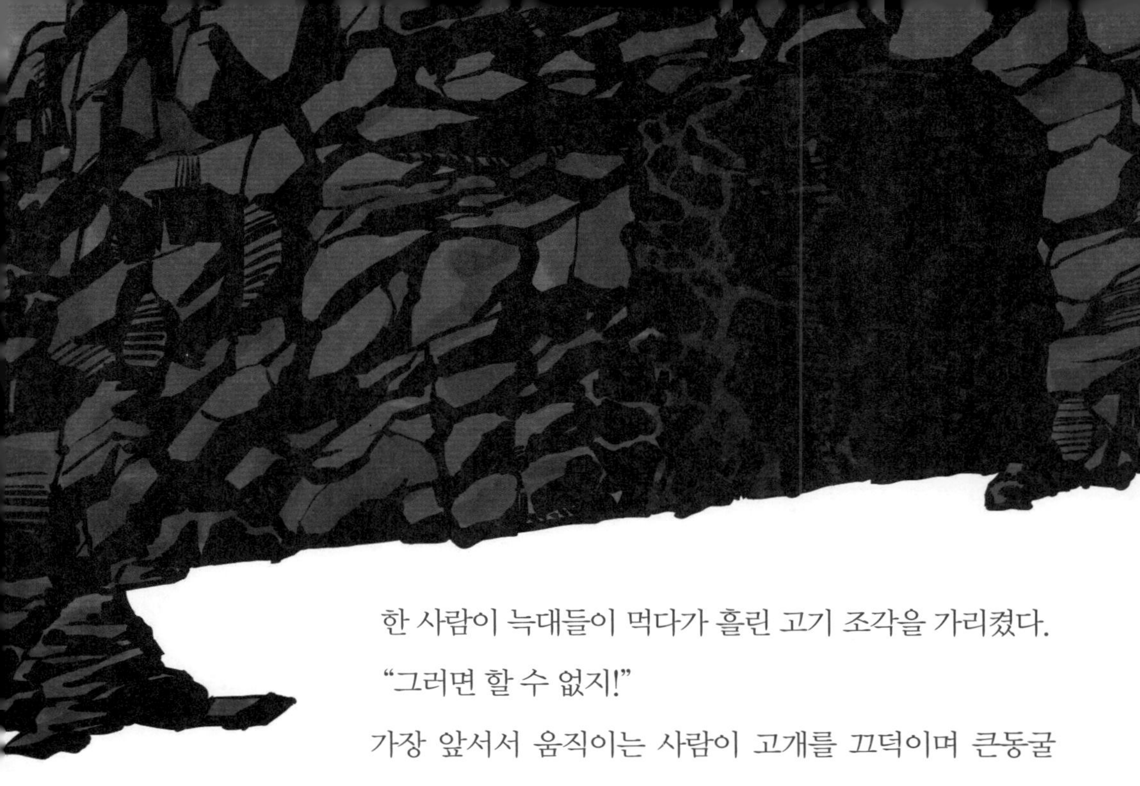

한 사람이 늑대들이 먹다가 흘린 고기 조각을 가리켰다.

"그러면 할 수 없지!"

가장 앞서서 움직이는 사람이 고개를 끄덕이며 큰동굴 쪽을 노려보았다.

"어떡하려고?"

"여기까지 와서 이것만 가지고 가는 건 발품도 안 되잖아."

"아니야. 이거면 우리 부족 며칠 양식은 돼. 더 욕심 부리지 말자."

"됐어. 너희 둘은 저 고기를 가지고 먼저 출발해. 곧 뒤따라갈 테니."

앞선 사람이 속삭이듯 말하며 고깃덩이들을 두 사람의 어깨에 올려 주었다.

"자, 따라와."

세 사람은 큰동굴 쪽으로 다가갔다.

"누구야?"

"거기 서라!"

동굴 옆 풀숲에 숨어서 동굴을 지키던 사람이 소리쳤다.

"두 명 뿐이다. 쳐라!"

침입자들은 다짜고짜 덤벼들어 무기를 휘둘렀다.

"침입자들이요. 일어나시오!"

두 사람은 침입자들과 싸우며 동굴을 향해 소리쳤다.

"뭐, 침입자?"

잠을 자던 사람들은 모두 일어났다. 여자들과 아이들은 동굴 깊숙이 몸을 피했다.

"각자 무기를 들고 나가자!"

장정들은 우르르 몰려나갔다. 쥐눈이와 흰파도, 그리고 큰목소리와 잔물결도 어른들 뒤를 따라 나갔다.

"너희들은 아직 안 돼. 위험해!"

물너울이 아이들을 보고 손짓을 했다.

"아닙니다. 이제 우리도 가족을 지켜야 합니다."

쥐눈이가 창을 힘껏 쥐고 앞으로 쑥 내밀었다.

"허허, 너희들이 벌써 이렇게 컸구나."

물너울이 고개를 끄덕이며 쥐눈이 머리를 쓰다듬었다.

"야, 너희들 뭐하는 거야? 빨리 앞장서. 흰파도 너부터 빨리 ……!"

쥐눈이는 제가 앞장설 것처럼 큰소리쳐 놓고 물너울이 저만큼 가자 다른 아이들을 앞세웠다. 동굴 밖에는 이미 '퍽퍽' 하고 돌도끼와 돌창날 부딪치는 소리가 들렸다. 숲속에서 잠자던 산새들이 푸드덕 날아올랐다. 노루와 멧돼지들도 꽥꽥거리며 뛰어다녔다.

"너희들은 위험하다 동굴로 들어가라!"

어른들이 소리쳤다.

"괜찮습니다. 우리도 이제 싸울 수 있습니다.

쥐눈이가 소리치며 돌도끼를 흔들었다. 달밤에 비친 쥐눈이의 모습은 정말 용감해 보였다.

"큰목소리 너는 힘이 세니까 저쪽에서 몰아붙여!"

쥐눈이는 어른들 눈치를 보면서 큰목소리 등을 떠밀었다.

"어, 응, 아, 알았어. 이얏!"

주춤거리던 큰목소리가 돌도끼를 휘두르며 침입자 한 명을 향해 돌진했다. 화난 멧돼지처럼 밀어붙였다. 돌도끼를 돌리며 달려드는 큰목소리의 기세에 침입자 한 사람이 풀숲 쪽으로 뒷걸음쳤다. 쥐눈이가 몸을 숨긴 곳이었다.

"이얏, 받아랏!"

그 기회를 놓칠 리 없는 쥐눈이가 침입자의 다리를 향해 돌도끼를 휘둘렀다.

　침입자는 미처 피하지 못하고 그 자리에 쓰러졌다. 한편 물너울과 어른들도 나머지 침입자들을 모두 제압했다.

"자, 모두 이리 끌고 오너라."

물너울이 소리치자 쥐눈이가 제일 먼저 다리를 잡고 쓰러져 신음하는 사람을 끌고 물너울 앞으로 갔다.

큰목소리도 그 뒤를 따라갔다.

"넌, 저쪽에 가 있어."

쥐눈이가 큰목소리를 보고 눈을 흘겼다.

"어어, 알았어."

큰목소리는 비척비척 물러났다.

"음, 다 잡았느냐? 가만. 쥐눈이 네가……?"

물너울이 쓰러진 침입자 앞에 서있는 쥐눈이를 돌아보았다.

"예, 제가 잡았습니다."

당당하게 말하는 쥐눈이가 늠름해 보였다.

"네가 큰일을 했구나. 장하다!"

"당연히 해야 할 일을 했을 뿐입니다.

그런데 이 사람들은 어떻게 할 겁니까?"

쥐눈이가 어깨를 으쓱하며 물너울을 쳐다보았다.

"대모님께서 현명하게 처리하실 거다."

"이 자리에서 그냥……!"

쥐눈이가 돌도끼를 높이 치켜들었다.

“그만 둬. 이 일은 대모님께서 결정할 일이니 우리는 그냥 지켜보자.”

고기를 훔치러 온 사람들을 대모 앞으로 데리고 갔다.

“너희들은 솔숲에 있는 고기만 가져갔으면 이런 일은 없었을 것 아니냐. 왜 그렇게 욕심을 부렸느냐?”

“배가 고파서…….”

대모의 꾸지람에 젊은 장정이 피가 흐르는 다리를 움켜쥔 채 고개를 숙였다.

“대모님, 침입자들을 따끔하게 혼을 내어서 다음에는 얼씬도 못하게 해야 합니다.”

쥐눈이가 앞으로 나서서 말했다.

“쥐눈아, 넌 죽을 만큼 배고파 봤느냐?”

대모가 그윽한 눈빛으로 쥐눈이를 바라보았습니다.

“아니요. 우리는 늘 바다에서 물고기와 조개를 잡아 배불리 먹지 않습니까?”

“우리는 조상님들께서 터를 잘 잡아 이렇게 배곯지 않고 살지만, 살아가는 방식이 다르거나 사는 곳에 따라서 어렵게 사는 사람들도 있단다.”

대모는 고래 고기를 더 가져오게 했다.

“자, 이것도 가지고 가거라. 그리고 다음부터는 스스로 살아가는 현명한 방법을 생각해내고 욕심을 부리지 마라!”

대모는 침입자들의 상처를 감싸준 뒤 돌려보냈다.

“저렇게 보내면 다음에 또 나타날 게 아닙니까?”

쥐눈이가 못마땅한 눈치를 보였다.

"침입자들을 벌하고 혼내는 것만이 침략을 예방하는 건 아니다. 때에 따라서는 너그럽게 용서하고 베푸는 것이 가슴을 뜨겁게 하고 사랑도 느끼게 한단다. 그러기 위해서는 힘이 있어야 한다. 너희들은 이제부터 숲속에 들어가서 사냥도 하고, 배를 타고 바다에 나가 고래도 잡으면서 틈틈이 창과 도끼 쓰는 법을 익히도록 하여라."

대모가 쥐눈이를 중심으로 훈련을 받게 했다.

쥐눈이를 못마땅하게 여기는 사람들도 대모와 물너울의 믿음을 등에 업은 쥐눈이를 대놓고 싫어하지는 못했다.

쥐눈이와 아이들은 살아 있는 표범 발톱을 뽑은 뒤 발톱이라는 이름을 얻은 사람에게 훈련을 받았다. 산길을 뛰거나 큰 바위를 뛰어넘는 훈련도 받았다. 먼 거리에 있는 나무를 향해 창던지기도 했다.

"야, 훈련만 잘하면 뭐해 실전에 강해야지. 살살해. 그래야 큰목소리와 잔물결도 따라할 수 있지. 안 그래? 그리고 돌고래도 잊지 말고!"

창던지기와 뛰기에서 단연 앞서는 흰파도를 보고 쥐눈이가 하는 말이었다.

"아, 알았어."

그럴 때마다 흰파도는 고개를 숙였다.

그런 모습을 본 다른 아이들은 은근히 좋아했다.

흰파도가 온 힘을 기울이지 않으면 쥐눈이를 비롯해서 다른 아이들이 못하는 게 눈에 잘 띄지 않기 때문이다.

점점 쥐눈이가 앞서고 흰파도는 그 뒤를 따랐다.

“얘들아, 많이 힘드냐? 특히 흰파도는 처음보다 몸놀림이 많이 느려졌어!”

아이들이 처음과 달리 몸놀림이 둔한 것을 보고 발톱이 걱정했다.

“예, 제가 힘든데 흰파도는 오죽하겠습니까? 이제 사냥법과 싸우는 법을 알고 있으니까 쉬엄쉬엄하면 좋겠습니다.”

쥐눈이가 웃으며 나섰다.

“그렇잖아도 지난번 침입자들을 물리친 쥐눈이 너를 보고 어른들이 일찍부터 훈련을 해야 한다는 바람에, 내일부터 너희보다 어린 아이들이 훈련을 받게 됐어.”

“그럼, 저희들은 훈련을 안 해도 됩니까?”

쥐눈이가 반가운 얼굴빛으로 물었다.

"아니다. 너희들은 바다에 가서 물너울에게 훈련을 받아야 한다."

쥐눈이의 얼굴빛이 금세 어두워졌다.

물너울은 게으름을 부리거나 꾀를 부리는 사람은 금세 알아본다. 잘못하다가는 지금까지 쌓아 놓은 믿음을 잃게 될지도 모르는 일이다.

"자, 이제 숲속 훈련은 모두 마쳤다. 내일부터는 바다 훈련을 받도록 해라."

발톱의 말을 뒤로 하고 아이들은 큰동굴로 갔다.

"야, 흰파도."

쥐눈이가 앞서가는 흰파도를 불렀다.

"설마 바다 훈련을 네 마음대로 하겠다는 건 아니겠지?"

"어떻게 해?"

"몰라서 물어? 우리랑 보조를 맞추란 말이야!"

쥐눈이의 눈에 힘이 잔뜩 들어갔다.

"그래. 우리랑 맞춰서 하자."

다른 아이들도 자맥질을 잘하는 흰파도와 비교되지나 않을까 걱정을 하고 있었다.

"아, 알았어."

흰파도는 또 고개를 숙여야 했다.

'이제 삑삑이랑 헤어져야겠어!'

흰파도는 생각에 잠긴 채 고개를 숙이고 타박타박 걸었다.

이별

숲속에서 발톱에게 훈련을 받던 아이들이 모래톱에 모여서 물너울의 이야기를 듣고 있었다.

"오늘은 첫날이라 물에는 안 들어간다."

물너울은 자맥질을 할 때 주의해야 할 점들과 자맥질 요령을 설명한 뒤 돌려보냈다.

"해질 때까지 흰파도, 넌 뭐 할래?"

쥐눈이가 흰파도 어깨를 툭 치며 싱긋 웃었다.

"조개나 따야겠다."

"그것도 자맥질 연습이잖아. 너 그러다가 내게 미움 받겠다!"

쥐눈이는 이제 흰파도가 바다에 들어가는 것도 못마땅했다.

눈을 가늘게 뜨고 흰파도를 노려보는 쥐눈이에게는 가족의 배고픔이나 편안한 삶은 뒷전이다. 오로지 자신만이 식구들에게 인정받아야 하고 누구 앞에서든 자기가 으뜸이 되어야 한다는 생각뿐이었다.

흰파도도 일거수일투족을 감시하고 간섭 받는 게 싫었다.

"쥐눈아, 그만하자."

참다못한 흰파도가 쥐눈이 눈을 뚫어지게 노려보며 말했다.

"그만 못하겠는데. 그래, 노려보면 어쩔 거야? 너 간 크구나!"

쥐눈이가 흰파도 턱 밑으로 파고들며 밀어붙였다.

"그만하자!"

흰파도는 얼굴을 돌리고 한숨을 길게 내쉬었다.

"너, 똑똑히 알아 둬. 돌고래와 네 사이를 우리 식구들에게 말하면…… 히히히!"

쥐눈이는 흰파도의 가슴을 손가락으로 쿡쿡 찌르며 웃었다.

"알았어."

흰파도는 이내 얼굴을 풀고 물러났다.

"넌 그 핑계로 자맥질 연습을 하잖아. 그 바람에 네가 자맥질을 잘하게 된 것도 사실이고."

쥐눈이가 대놓고 시기를 했다.

"누구든지 자맥질을 잘하면 우리 식구들이 배곯는 일은 없잖아."

일거수일투족 : 손 한 번 들고 발 한 번 옮긴다는 뜻으로, 크고 작은 동작 하나하나를
　　　　　　　이르는 말.

“흥, 자맥질을 그렇게 잘하지 않아도 우리는 굶지 않았거든. 그건 자맥질 연습을 하기 위한 네 핑계일 뿐이지. 안 그래?”

“자맥질은 내가 좋아서 하는 일일 뿐이야.”

“네가 좋아서 하는 일이면 우리 식구들이 부러워하지 않도록 해. 자맥질만 잘한다고 우리 가족의 우두머리가 되는 건 아니거든!”

쥐눈이는 슬슬 제 속내를 드러냈다.

“내가 우리 부족의 우두머리가 되기 위해 자맥질을 하는 건 아니야. 그리고 내가 자맥질을 잘하는 바람에 너도 덕을 봤잖아!”

흰파도가 쥐눈이 눈을 똑바로 보고 말했다.

“내가 무슨 덕을 봐?”

“지난번 큰 고기 때문에 대모님께 칭찬받은 거 생각 안 나?”

“그, 그게 어떻다는 거야? 내가 잡은 고기를 갖고 칭찬 받는 건 당연한 것 아니야?”

쥐눈이의 작은 눈이 빠르게 흔들렸다.

“그 고기를 네가 잡았다고?”

“그럼. 내가 자맥질해서 잡아낸 물고기지.”

“흥, 남이 잡아 놓은 물고기를 가로채고도 부끄러워하지 않다니……!”

“그건 분명히 바위 아래 있었던 물고기야. 나는 그 물고기를 내 손으로 잡아 냈을 뿐이고!”

쥐눈이는 조금도 물러서지 않았다.

“지금까지 돌고래 삑삑이 때문에 그런 일도 참고 넘어갔어. 그러니 이제 그만 해.”

"네가 안 참으면 어떻게 할 건데?"

"그만하자. 돌고래 삑삑이는 오늘 돌려보낼 거야!"

흰파도가 바다를 향해 걸어갔다.

"그렇다고 있었던 일이 없어지는 건 아니지. 훌륭한 양식이 될 돌고래를 살려 준다는 건 우리 가족 따윈 마음에도 없다는 증거니까!"

쥐눈이는 흰파도가 돌고래를 돌려보낸 일을 식구들이 알면 더 미워할 거라는 걸 알고 있었다. 흰파도는 그 자리에 멈춰 섰다. 고개를 숙이고 있던 흰파도는 천천히 쥐눈이를 돌아보았다.

"쥐눈아, 내가 잘못했다. 안 본 일로 하면 안 되겠어?"

"보았던 일을 안 본 일로 하기는 어렵지. 하지만, 네가 하는 거 봐서……."

쥐눈이는 싱긋 웃으며 솔숲으로 달려갔다. 흰파도는 쥐눈이 뒷모습을 한참 동안 바라보다가 호수로 발길을 돌렸다. 호수에 들어간 흰파도는 물길을 따라 바다로 나간 뒤 갯바위에 몸을 붙였다. 동굴과 먼눈이가 볼 수 없는 곳이다.

흰파도는 갯바위에 몸을 붙이고 먼바다를 바라보았다. 눈에서 눈물이 핑 돌더니 주르르 흘러내렸다. 그렇게 한참 동안 앉아서 생각에 잠겼던 흰파도가 손바닥으로 바다를 내려쳤다. 물이 튀어 얼굴을 적셔도 쉬지 않고 계속 내려쳤다.

"삐익, 삑……."

삑삑이 소리가 파도를 타고 흰파도 몸으로 전해졌다.

"여기야!"

흰파도 목소리가 무뚝뚝했지만 촉촉이 젖어 있었다. 돌고래 삑삑이가 갯바위를 한 바퀴 빙 돌다가 흰파도 몸에 제 몸을 비벼댔다.

"이제 우리 만나지 말자. 내가 힘들어서 안 되겠어!"

흰파도가 삑삑이 가슴지느러미를 잡고 말했다.

"삑삑삑……!"

돌고래 삑삑이가 머리를 흔들며 소리쳤다.

"소리도 내지 마. 그리고 이 근처에는 얼씬도 하지 마. 아주 멀리 떠나란 말이야!"

흰파도의 울음 섞인 고함이 파도소리에 묻혔다.

"가. 멀리 가!"

흰파도는 삑삑이 등을 힘껏 때렸다. 화들짝 놀란 삑삑이는 물속으로 몸을 숨겼다가 다시 흰파도 곁으로 다가왔다.

"가란 말이야. 살고 싶으면 멀리 가!"

흰파도는 들고 있던 작살로 삑삑이를 내려쳤다. 아프게 힘껏 내려쳤다.

돌고래 삑삑이는 몸을 뒤척이며 흰파도 주변을 한 바퀴 돌고는 먼바다 쪽으로 물살을 갈랐다.

"잘 가!"

흰파도는 눈물을 닦으며 삑삑이가 사라진 쪽을 바라보았다.

넋 나간 사람처럼 한참 동안 그렇게 있던 흰파도는 작살을 힘껏 쥐었다.

"그래. 잘했어."

흰파도 눈 속에는 슬픔과 그리움으로 가득했다.

"고기나 몇 마리 잡아 가자."

흰파도는 바다 위에 엎드렸다. 물속에 얼굴을 묻고 바닷속을 살피던 흰파도는 고개를 들고 숨고르기를 했다.

"응, 삑삑이가……."

돌고래 삑삑이가 먼바다 쪽에서 천천히 다가왔다. 엄마에게 꾸중들은 아이처럼 흰파도 눈치를 살폈다.

"가. 멀리 가라고!"

흰파도가 작살로 바다를 내려쳤다. 작살 자루에 맞은 하얀 물방울이 이내 파도 속으로 사라져 버렸다.

“이래도 안 갈 거야?”

흰파도는 작살을 거꾸로 들고 휘두르며 삑삑이를 향해 헤엄을 쳤다.

하지만 삑삑이는 흰파도의 그런 모습이 재미있는 듯 몸을 뒤척이며 흰파도 주위를 뱅글뱅글 돌았다.

“이제는 너랑 함께할 수 없어.”

흰파도의 눈이 더욱 빨개졌다. 그런 흰파도의 마음을 모르는 돌고래 삑삑이 가 코끝으로 작살 자루를 쿡 밀었다.

“아악!”

흰파도는 비명을 지르며 허벅지를 감쌌다. 손가락 사이로 빨간 피가 나와 바다에 퍼졌다. 삑삑이 코끝에 밀린 작살 끝이 흰파도 다리를 스친 것이다.

돌고래 삑삑이는 잠깐 주춤하더니 흰파도를 코끝으로 밀면서 모래톱 쪽으 로 헤엄쳤다.

“안 돼!”

흰파도가 소리쳤지만 삑삑이는 멈추지 않았다. 오히려 더 빨리 물살을 갈 랐다. 흰파도는 저도 모르는 사이에 삑삑이 등지느러미를 꼭 잡았다. 삑삑이 가 파도를 가를 때 일어나는 물보라가 흰파도 얼굴을 적셨다.

“들어가면 안 돼. 안에 들어가면 넌 잡힌다 말이야!”

흰파도는 혼자 소리쳤다.

“후리릭, 고래다. 고래가 호수로 들어온다!”

먼눈이의 휘파람 소리가 동굴을 울렸다.

“고래가 들어오다니?”

“일부러 몰고 오려고 해도 잘 안 되는

데 스스로 들어오다니, 뭐 잘못된 것 아니야?”

사람들이 우르르 몰려나왔다.

“삑삑아, 지금이라도 피해. 안 그러면 넌 죽어!”

흰파도가 한 손으로 돌고래 삑삑이 등을 찰싹찰싹 때렸다.

“삑삑……!”

하지만 삑삑이는 아랑곳하지 않고 흰파도가 떨어지지 않게 중심을 잡으며

골짜기를 지나 호수로 들어갔다.

“저건 돌고래잖아.”

“어, 저게 누구야?”

“흰파도다. 돌고래가 흰파도를……?”

“해칠 것 같으면 먼바다로 안 나가고 왜 골짜기로 들어와?”

“그게 중요한 게 아니야. 흰파도를 빨리 구해야 해!”

사람들은 삑삑이 등에 업혀 있는 흰파도를 돌고래가 해치는 줄 알고 발을

동동 굴렀다.

“빨리 배를 타고 들어가서 흰파도를 구하고 돌고래를 잡읍시다.”

사람들이 서둘러 배에 올랐다.

"그럴 필요 없다."

언제 나왔는지 대모가 배에 오르는 사람들을 말렸다.

"흰파도는 어떡하고요?"

"자세히 봐라. 돌고래가 다친 흰파도를 구해 주는 거야."

사람들은 주춤거리며 저만치 다가오는 돌고래와 흰파도를 자세히 살폈다.

삑삑이 등에 엎드린 흰파도는 눈을 꼭 감고 등지느러미만 붙들고 있었다. 등에 흰파도를 태운 돌고래는 미끄러지듯 모래밭에 몸을 드러냈다.

"아이쿠, 깜짝이야! 역시 돌고래가 빠르다."

모래밭에 서 있던 사람들은 뒷걸음질을 했다.

"이때다!"

사람들 뒤에 있던 쥐눈이가 달려 나오면서 작살을 던졌다.

“앗, 위험해!”

쥐눈이가 던진 작살을 피하기 위해 흰파도가 삑삑이 등에 찰싹 붙듯이 엎드렸다. 하지만 작살은 흰파도 오른쪽 허벅지에 꽂히고 말았다. 다친 다리였다.

“악!”

흰파도의 외마디 비명이 모래밭을 핏빛으로 물들였다.

“너, 정신이 있어, 없어?”

물너울이 소리치며 달려가서 작살을 뽑고 머리에 두르고 있던 나무껍질로 상처를 동여맸다.

“빨리 흰파도를 동굴로 데려가. 그리고 돌고래는 잡지 마라!”

대모의 화난 목소리가 골짜기에 울려 퍼졌다.

삑삑이는 사람들의 부축을 받고 일어선 흰파도를 돌아보며 천천히 먼바다로 사라졌다.

멎지 않는 코피

흰파도가 다친 지 여러 날이 지났다. 동굴 안에서만 지낸 흰파도는 살이 많이 쪘다. 배도 나오고 목도 굵어졌다. 쥐눈이도 대모와 가족들에게 꾸중을 듣고 주의하겠다는 다짐까지 했다. 하지만 그 작은 눈 속에는 저만의 생각이 가득했다. 그 사실도 쥐눈이 저만 알고 있었다.

며칠 동안 큰동굴 가족들은 사냥과 자맥질로 평화로운 시간들을 보냈다. 큰동굴 안에는 연기에 그을어서 널어 놓은 고래 고기 냄새로 가득했다.

“양식이 넉넉하니까 얼마 동안은 걱정하지 않아도 될 것이다. 그동안 흰파도는 푹 쉬고 다른 아이들은 훈련을 열심히 받도록 해.”

대모의 말에 장정들은 물너울과 함께 무기와 도구를 챙겼다. 배 손질도 잊지 않았다.

“아닙니다. 이제 바다에 들어갈 수 있습니다.”

흰파도가 다리를 조금씩 절며 앞으로 나섰다.

“상처가 다 아문 거냐?”

대모가 걱정스러운 눈빛으로 흰파도 허벅지를 살폈다. 아직 두껍고 거무스름한 딱지가 살갗을 움켜쥐고 있었다.

“예, 상처도 아물고, 움직임도 괜찮습니다.”

“네가 괜찮다 싶으면 훈련을 같이 해라. 하지만 욕심은 부리지 마라!”

대모의 당부에 흰파도는 웃음으로 대답을 대신했다. 가족들은 건강을 되찾은 흰파도를 보고 좋아했다. 하지만 동굴 구석자리에서는 쥐눈이가 눈살을 찌푸렸다.

다음날이었다.

“흰파도가 다치는 바람에 못한 훈련을 오늘부터 열심히 하기 바란다.”

물너울이 아이들을 불러서 도구 손질법과 노 젓는 방법들을 가르쳐 주었다.

“바다에서는 자맥질이 가장 중요하다. 자맥질은 우리의 양식을 구하는 일이며 우리 생명을 지키는 일이다.”

물너울은 장정들과 아이들을 배에 태운 뒤 바다로 나갔다. 바다에는 파도가 높았다.

“오늘따라 유난히 파도가 높네!”

통나무배 앞자리에 앉은 물너울이 바다를 살폈다. 뱃전에 부딪친 파도가 하얀 이를 드러내고 배 안을 기웃거렸다.

“자, 여기서 자맥질 훈련을 한다. 모두 자기 작살을 들어라. 그리고 함께 하는 사람이 다치지 않게 조심해라. 파도가 거친 바다는 마음과 달리 몸이 말을 잘 듣지 않는다.”

물너울은 아이들에게 주의를 준 뒤 한 명씩 바다에 뛰어들게 했다. 흰파도가 먼저 일어섰다. 그러자 쥐눈이가 쳐다보며 눈을 깜박였다. 흰파도는 주춤거렸다.

“흰파도, 무서운 거냐?”

물너울이 이상하다는 듯 흰파도 얼굴을 빤히 들여다보았다.

흰파도는 물너울의 눈을 바로 보지 못했다.

"다친 뒤 바다가 무서워진 게로구나."

물너울이 걱정을 했다.

"오랫동안 쉬어서 그렇겠지요. 제가 먼저 들어가겠습니다."

쥐눈이가 창을 높이 치켜든 채 바다로 풍덩 뛰어들었다. 하얀 물보라가 쥐눈이를 감쌌다.

"다음에는 누가 들어갈 거냐?"

물너울이 아이들을 둘러보았다.

"흰파도 네가 먼저 들어가."

큰목소리와 잔물결, 그리고 다른 아이들은 자맥질을 잘하는 흰파도가 망설이자 지레 겁이 나서 주춤거렸다.

"그래라. 들어가 봐라."

흰파도는 물너울 말에 자리에서 부스스 일어나서 바다로 뛰어들었다. 먼저 들어간 쥐눈이 바로 옆에 뛰어내렸다.

"야, 보고 뛰어라!"

쥐눈이가 손바닥으로 얼굴에 묻은 물을 닦아내며 눈을 흘겼다.

그렇게 아이들이 모두 바다에 뛰어들자 물너울이 바다에 뛰어들었다. 몸놀림이 아이들과는 사뭇 달랐다. 물을 헤쳐 나가는 것도 그렇고, 자맥질을 하는 몸놀림도 매우 가벼워 보였다.

아이들은 물너울이 시키는 대로 바다 위에 떠 있는 방법부터 익혔다. 흰파도는 늘 하는 일이라 수월하게 물에 엎드려서 바다 밑을 살폈다. 물너울은 고개를 끄덕이며 흰파도와 쥐눈이의 행동을 눈여겨보았다.

"자, 모두 물속으로 자맥질을 한다. 우선 깊이 들어가는 것보다 물소리를 내지 않고 조용하게 들어가는 게 중요하다."

아이들은 물너울을 따라 물속으로 들어갔다. 마치 물개들이 먹이를 찾아 바닷속으로 들어가는 것 같았다. 하지만 두 발을 버둥대는 바람에 물결이 일고 소리가 크게 들렸다. 거기에 높은 파도까지 아이들을 힘들게 했다.

"음, 역시 흰파도가 낫구먼!"

멀찍이에서 혼자 중얼거리는 물너울 말대로 흰파도는 힘 안 들이고 물속을 쏙쏙 들어갔다. 작살을 잡은 손도 자연스러웠다.

"야, 누가 너만큼 할 줄 몰라서 이러는 줄 아냐? 혼자만 잘하면 다른 아이들은 어떻게 해?"

어느새 흰파도 옆에 다가온 쥐눈이가 다른 아이들 핑계를 댔다. 흰파도는 아무 말도 못하고 머리를 물속에 집어넣었다. 두 발도 버둥대며 물장구를 쳤다.

"아니, 쟤가……?"

갑자기 달라진 흰파도의 몸놀림에 물너울이 고개를 갸웃거렸다.

"자, 모두 배에 올라타라."

물너울이 손짓을 했다. 아이들도 그 손짓에 통나무배에 올랐다. 다른 배도 가까이 오게 한 물너울이 다시 주의사항을 말해 주고 깊이 들어가는 훈련을 한다고 했다.

“야, 알아서 해!”

쥐눈이가 흰파도 귀에 대고 속삭였다. 흰파도 얼굴은 납덩이처럼 굳어 있었다.

“흰파도, 몸이 안 좋아?”

“얼굴빛이 안 좋네.”

물너울과 어른들이 걱정을 했다.

“높은 파도 때문에 빨리 지치는 모양입니다. 다른 아이들도 모두 지쳐 있습니다.”

쥐눈이가 흰파도를 보고 눈을 깜박인 다음 아이들을 가리켰다.

“그래도 넌 멀쩡하다?”

어른 한 사람이 쥐눈이 얼굴을 살폈다.

“헤헤, 저는 평소에 연습을 많이 해서 괜찮습니다.”

쥐눈이가 가슴을 쭉 펴 보였다.

“맞다. 자맥질을 잘 하려면 연습을 많이 하는 것밖에 없어!”

어른들이 칭찬을 하자 쥐눈이는 싱긋 웃으며 아이들을 둘러보았다.

"이 정도 훈련을 힘들어 하면 고래 사냥은 꿈도 못 꾼다!"

물너울이 아이들을 다시 부추겼다.

"들어가겠습니다!"

쥐눈이가 크게 대답했습니다.

"깊이 내려 갈수록 물의 무게 때문에 몸이 조여들고 귀가 아프다. 그걸 막기 위해서는 이렇게 속하품 하는 걸 잊지 마라. 만약 속하품을 해도 귀 아픔이 사라지지 않으면 올라와야 한다."

물너울은 입술을 다문 채 귀에서 뻑 소리가 날 때까지 하품을 하듯이 턱을 벌려보였다. 아이들도 따라 했다.

"귀에서 소리가 나느냐?"

"예, 양쪽 귀에서 귀가 뚫리듯 '뻑'하고 소리가 납니다."

흰파도가 물너울을 보고 고개를 끄덕였다.

"그래, 흰파도는 깊은 곳까지 들어가 봐서 속하품을 잘 알 것이다."

"저도 귀에서 소리가 났습니다."

쥐눈이가 불쑥 나섰다.

"그래. 쥐눈이도 물에 자주 들어가면서 자연스럽게 익혔구나."

물너울이 싱긋 웃으며 손짓을 했다.

아이들은 물너울의 손짓에 따라 바다로 뛰어들었다. 쥐눈이가 먼저 뛰어들고 흰파도는 맨 뒤에 들어갔다.

파도가 일렁이는 바다는 아이들이 일으키는 물결로 더욱 시끄러웠다.

물너울은 다른 배에 있는 어른들에게 손짓을 했다. 신호를 받은 어른들도

물로 뛰어들었다.

"자, 자맥질 시작!"

물너울의 말에 아이들과 어른들은 한꺼번에 머리를 박고 물속으로 들어갔다. 잠깐이지만 바다 위는 조용했다.

"쯧쯧, 녀석들 하고는……, 숨 다섯 번도 안 쉬어서 나오면 어떡해!"

물너울은 실망의 눈빛으로 속속 올라오는 아이들을 내려다보았다.

한편 쥐눈이와 흰파도는 경쟁이라도 하듯 깊이 들어갔다. 두 아이는 바다의 무게가 온몸을 조여도 참았다. 숨이 차고 귀가 터질 듯이 아파도 속 하품으로 견뎠다.

하지만 쥐눈이는 속 하품을 해도 귀가 뚫리지 않았다.

그때였다.

깊은 곳을 향해 내려가던 쥐눈이가 멈칫했다.

이마가 찡해지면서 눈앞이 아찔했던 것이다.

이어서 코 안이 따뜻해지면서 코앞에 바닷물이 붉게 물들었다.

쥐눈이는 흰파도를 보고 올라가자고 손짓을 했다. 그래도 흰파도는 모른 척

하고 자꾸만 내려갔다.

쥐눈이는 포기할 수 없었다.

'안 돼. 흰파도 녀석에게 질 수 없어. 부족 사람들은 내가 최고라고 알고 있단 말이야!'

쥐눈이는 이를 앙다물고 바다 밑으로 내려갔다.

흰파도는 쥐눈이 얼굴을 보지 않으려고 등을 돌린 채 내려가다가 물 위로 솟아올랐다.

쥐눈이는 이때다 싶어 잽싸게 물 위로 몸을 돌렸다.

배에서 지켜보던 물너울이 초조해졌다.

"애들이 어떻게 된 거야?"

"이제 올라옵니다."

함께 물속으로 들어갔던 어른이 숨을 내뱉으며 물너울에게 말했다.

"역시 두 녀석은 다른 구석이 있어!"

물너울은 웃으며 두 아이가 올라오기를 기다렸다.

"앗, 쥐눈이 코에……?"

물너울이 두 아이를 반기다가 화들짝 놀랐다.

"쥐눈이 코에 피가 난다."

어른들이 쥐눈이 코를 가리키며 걱정을 했다. 쥐눈이도 얼굴빛이 노래졌다.

배 위에 올라온 쥐눈이는 코피를 흘리면서 흰파도를 노려보았다.

"쥐눈이 코를 좀 닦아 줘."

"피가 멎지를 않네."

그때 흰파도가 다가가서 콧등과 뒷목을 만져 주었다.

"손 저리 치워!"

쥐눈이는 흰파도 손을 떨쳐냈다.

"왜 그러냐?"

물너울이 쥐눈이 얼굴을 빤히 들여다보았다.

"아, 아무 것도 아니에요."

쥐눈이가 눈을 감아 버렸다. 질투에 이글거리는 작은 눈빛을 보이기 싫었던 것이다.

"웬 녀석도…… 빨리 코피나 닦아라. 쉽게 멎지 않을 거다."

쥐눈이는 배 안에 누운 채로 흰파도를 노려보았다.

"아까 내가 신호 보내는 거 못 봤어?"

76

쥐눈이가 물너울이 배 앞으로 가자 흰파도를 노려보았다.

“너 볼 여유 없었어.”

흰파도는 짐짓 시치미를 떼고 고개를 돌렸다.

“너 한 번만 더 그러면 돌고래와 네 관계를 그대로 말해 버릴 거야!”

“알았어. 빨리 코피나 닦아.”

흰파도는 얼굴을 돌려버렸다.

사흘이 되어도 쥐눈이 코피는 멎지 않았다.

“쥐눈이는 코피가 멎을 때까지 동굴 안에서 지내라.”

대모가 쥐눈이를 바다에 못 들어가게 했다.

“저, 자맥질은……?”

쥐눈이가 대모를 힐끔 쳐다보았다.

“코피가 멎거든 연습해라.”

대모의 말은 짧았다.

‘말이 짧으면 마음의 결정이 그만큼 분명하단다.’하고 말하던 물너울의 말이 떠올랐다.

쥐눈이 얼굴에 웃음이 살짝 스쳤다. 흰파도를 이기려다 코피를 흘리게 된 건 자존심 상하는 일이지만 동굴 안에서 대모와 편안하게 지내는 건 기분 좋은 일이다.

쥐눈이가 더 기분 좋은 건 종일토록 새소리와 함께 있을 수 있다는 것이다. 가까이서 이야기도 많이 할 수 있어서 좋다. 하지만 그런 내색은 할 수 없다.

시간이 지나면서 새소리도 쥐눈이의 마음을 조금씩 이해하게 되었다.

한편 흰파도와 다른 아이들은 자맥질 훈련을 게을리 하지 않았다. 물너울이 시키는 대로 하자 물속을 들락거리는 게 수월했다.

"역시 방법을 알면 쉬워!"

흰파도는 쥐눈이와의 일들을 잊고 즐겁게 자맥질을 했다.

"며칠 사이에 많이 늘었구나. 몸도 좋아졌고!"

물너울이 흰파도 어깨를 토닥이며 활짝 웃었다.

"흰파도는 그동안 자맥질을 많이 해 봐서 조금만 연습하면 잘할 거야."

어른들은 흰파도의 자맥질 실력을 믿었다.

한편 큰동굴 앞에서 바다를 지켜보는 쥐눈이의 작은 눈에는 너른 바다가 가득 들어 있었다.

낟알 키우기

물길 따라 아침이 열리자 동쪽 바다가 희붐해졌다. 따라서 호수 위에도 물 안개가 자오록이 피어오르고, 동굴 안에는 사람들이 기지개를 켜고 일어났다.

"아침 일찍부터 곁눈이는 어딜 간 거야?"

함께 잤던 큰목소리가 두리번거렸다.

흰파도보다 나이가 한 살 많은 곁눈인 말은 적어도 움직임은 남들보다 앞섰다. 눈치도 빠르고 말귀도 밝았다. 그래서 다른 아이들보다 실수를 잘 하지 않았다.

"곁눈이가 가긴 어딜 가?"

희붐하다 : 날이 새려고 빛이 희미하게 돌아 약간 밝은 듯하다.
자오록이 : 연기나 안개 따위가 잔뜩 끼어 흐릿하고 고요한 느낌이 있게.

사람들은 대수롭지 않게 여기고 각자 할 일들을 했다. 동굴 정돈과 동굴 앞 청소를 시작으로 여자들은 날알 채집을 하기 위해 나무껍질과 풀줄기로 만든 소쿠리를 챙기고, 남자들은 사냥과 자맥질을 하기 위해 창과 작살을 챙겼다.

그때까지도 곁눈이가 나타나지 않았다. 식구들은 하나둘 걱정을 하기 시작했다.

"곁눈이가 여태껏 안 왔어?"

물너울이 동굴을 들어서며 물었다.

"아침부터 어딜 간 거야?"

"아침에 나간 건지, 아니면 새벽에 나간 건지 모르잖아?"

어른들은 걱정을 하면서 각자 흩어져서 찾아보기로 했다.

"지킴이는 못 봤어?"

"새벽까지 아무도 안 나갔어요."

동굴 문을 지키던 지킴이가 동쪽이 희붐할 때까지 아무도 안 나갔다고 했다.

"먼눈이에게 물어봐."

물너울이 나섰다.

"먼눈이는 벌써 망루나무로 간 거야?"

"먼눈이는 내가 동굴에 들어올 때 나간 것 같습니다."

지킴이가 말했다.

"호기심이 남달리 많은 아이니까 걱정이다."

대모 얼굴에는 걱정이 가득했다.

"이 녀석을 찾기만 하면 혼을 내야겠어!"

“며칠 동안 굶겨야 해!”

곁눈이를 찾느라고 오후까지 아무 일도 못한 어른들은 화가 많이 났다.

“얘가 정말 어디로 간 거야?”

“아무 탈이 없어야 할 텐데.”

해가 서쪽으로 기울어지면서 어른들의 화는 걱정으로 바뀌었다.

아이들도 숲속을 헤매며 곁눈이를 찾았다. 바위틈이며 풀숲까지 샅샅이 뒤졌다.

“악, 배, 뱀이다!”

새소리가 풀숲에 쓰러졌다.

흰파도는 얼른 달려가서 새소리를 부축했다.

“저기, 뱀!”

새소리가 가리키는 곳에는 독사가 스르륵 기어가고 있었다.

하지만 흰파도는 도망가는 독사를 뻔히 보고도 그대로 두었다. 쓰러져 있는 새소리를 구하는 게 더 급했기 때문이다.

“조금만 참아!”

얼굴빛이 하얘지는 새소리를 안아서 평평한 바위 위에 눕힌 흰파도는 뱀의 이빨 자국이 난 발목에 입을 들이댔다.

“아파도 참아!”

하지만 이미 새소리는 정신을 잃은 뒤였다.

흰파도는 있는 힘을 입으로 다 모아 상처를 빨았다. 볼이 쏘옥 들어가도록 힘껏 빨았다.

“퉤, 퉤퉤.”

검붉은 피가 흰파도 입에서 쏟아졌다.

그렇게 흰파도는 여러 차례 새소리 발목에서 독을 빨아냈다.

“왜 그래?”

쥐눈이었다. 나무 뒤에서 지켜보다가 나타났다.

“독사한테 물렸어.”

“큰일이다. 내가 좀 빨아낼 테니 넌 어른들에게 알려.”

쥐눈이가 흰파도를 밀어내고 새소리 발목에 입을 들이댔다. 얼굴을 찡그리는 게 영 내키지 않은 모양이다.

그 사이 흰파도는 큰동굴로 달려가서 어른들에게 알렸다.

“저깁니다.”

흰파도가 가리키는 바위 위에는 새소리가 누워 있고 그 옆에서 쥐눈이가 독을 빨아내고 있었다.

“쥐눈이가 고생했구나. 독을 빨아내지 않았으면 큰일 날 뻔했다.”

“글쎄 말이야. 독을 빨아내는 건 어떻게 알았어?”

어른들은 쥐눈이에게 칭찬을 아끼지 않았다.

흰파도는 멀뚱하게 서서 쥐눈이와 어른들을 번갈아보았다. 독을 빨아낸 사람은 흰파도 자신인데 칭찬은 쥐눈이가 받는 게 조금은 못마땅한 눈치였다.

그것을 알아차린 쥐눈이가 흰파도를 보고 눈을 찡긋했다.

흰파도는 아무 말 없이 돌아섰다.

큰동굴로 돌아온 새소리는 한참 만에 정신을 차렸다.

“쥐눈이 아니었으면 큰일 날 뻔했어.”

“다니면서 독사를 조심해. 그리고 쥐눈이에게 고맙다고 해.”

어머니들이 새소리 다리를 주무르며 채근을 했다. 하지만 새소리는 금세 고맙다는 말을 하지 않았다. 흰파도가 자신을 안아서 바위 위에 눕혔다는 걸 기억하기 때문이다.

“아무리 가까운 사이라도 고마운 건 고맙다고 하는 거야.”

새소리는 어머니들의 말을 들으며 쥐눈이를 돌아보았다. 쥐눈이는 빙그레 웃고 있었다. 웃으니까 작은 눈이 더 작아져서 아예 감은 것 같았다.

“쥐눈아, 고……, 고마워.”

새소리는 모기 소리만큼 작은 목소리로 인사를 했다.

“아니야. 때마침 내가 보았으니까 그나마 독을 빨아낼 수 있었어. 다음에는 조심해.”

쥐눈이는 다정하게 말을 한 뒤 밖으로 나갔다.

“휴, 이 녀석 때문에 새소리까지 큰일을 치를 뻔했어.

도대체 어디 있는 거야!"

"정말 아무 일도 없어야 할 텐데. 걱정이다."

어둠이 서서히 내려앉았다. 성급한 별들은 벌써 어둑해지는 하늘에 모습을 드러냈다.

"곁눈이다. 곁눈이가 온다!"

바닷길을 지켜야 할 먼눈이가 산골짜기를 가리키며 소리쳤다.

"어디, 어디야?"

"아이구, 다행이다."

사람들은 모두 좋아서 소리를 쳤다.

"하루 종일 어디 갔다가 왔어?"

"너 때문에 모두 얼마나 걱정을 했는데!"

어른들은 곁눈이의 얼굴과 몸을 만져 보며 반겼다.

"얼른 안으로 들어가서 대모님부터 뵙도록 해라."

물너울이 곁눈이 등을 떠밀었다.

"예, 미안합니다."

곁눈이가 눈을 동그랗게 뜨고 두리번거렸다.

"그 녀석, 겨우 그 한마디야?"

사람들은 곁눈이 뒤를 따라 동굴로 들어갔다.

"어디 갔다가 이제 오는 거냐?"

대모의 얼굴빛만큼 목소리가 싸늘했다. 동굴 안도 싸늘한 기운이 맴돌았다.

"저, 저기……."

대모의 낮은 목소리에 주눅이 든 곁눈이 목소리는 목구멍을 겨우 비집고 나오는 듯했다.

"저기가 어디냐?"

"저 산 너머에 무엇이 있는지 궁금해서……."

오래전부터 곁눈이는 시냇물을 끝없이 흘려보내는 높은 산 너머에 가 보고 싶었다. 사냥을 하러 가는 어른들을 따라 산속을 들락거렸지만 꼭대기에 올라선 적은 없다.

산 너머가 궁금한 건 곁눈이뿐이 아니었다. 어른들도 가 보고 싶지만 가면 돌아오지 못할 것 같아서 참고 있었던 것이다.

곁눈이는 아침에 눈을 뜨자마자 아무도 모르게 산 위로 올라갔다.

올라가면서 나무 열매로 아침을 대신했고 점심은 풀뿌리를 캐먹으면서 낮은 산 몇 등을 넘었다.

그렇게 높은 산꼭대기에 올라선 곁눈이는 산 너머에 펼쳐진 모습을 보고 입을 다물지 못했다.

너른 들에는 온통 낟알들이 자라고 있었다.

곁눈이는 좁은 들이나 낮은 산을 다니면서 채집한 낟알은 봤어도 너른 들판에 낟알이 무리지어 자라는 건 처음 보았던 것이다.

곁눈이는 식구들이 먼저 떠올랐다. 눈앞에 펼쳐진 낟알들만 거두어 들여도 고기보다 낟알이 더 귀한 부족에게는 한 해를 먹고도 남을 것 같았다.

곁눈이는 산을 내려갔다. 식구들이 좋아하는 모습을 떠올리며 키 작은 나무

들과 작은 바위들을 뛰어넘으며 산을 내려갔다.

"앗, 저기 사람이……?"

낟알이 자라는 언저리에는 사람들이 있었다. 풀줄기로 엮어 만든 바구니를 들고 낟알을 훑어 담고 있었다.

맞은편 산자락에는 사냥을 해서 잡은 산짐승들을 둘러매고 내려오는 사람들도 눈에 띄었다.

'야, 사람들이 참 많다. 우리 식구들 몇 배는 되겠다. 어, 저건 뭐지? 뭔데 저 안을 들락거리지?'

곁눈이는 숲속 나무 뒤에 숨어서 처음 보는 모습들을 눈에 담았다.

그리고 사람들이 들락거리는 움막은 큰동굴 대신 그 사람들이 사는 집이라는 것도 알게 되었다. 곁눈이의 말을 들은 대모와 식구들은 긴가민가했다.

"곁눈이의 말을 들어보면 그 부족들은
낟알을 키워서 양식으로 삼는 모양이다. 우리도 이런
방법으로 낟알을 키워보자."
하지만 대모의 말에 선뜻 나서는 사람이 없었다.
"모두 왜 말이 없느냐?"
"우리는 바다에서 양식을 구하는 터라 낟알을 키운다는 건
한 번도 생각을 못해봤습니다. 조금 더 생각을 해봐야 할 것 같습니다."
어른들은 선뜻 나서지 못했습니다.
"우리에게도 낟알이 꼭 필요하다. 하지만 언제나 낟알이 부족했다. 내 생각
이 틀리지 않는다면 곁눈이가 본 그것들이 우리에게도 필요한 것이라고 여겨
진다. 어떻게든 할 수 있는 방법을 찾아보도록 하자."

대모의 말에 모두 고개를 끄덕였다.

그렇게 며칠이 지났다.

낟알을 따러 나갔던 여자들이 대모를 중심으로 둘러앉았다.

"지난번에 곁눈이 말을 듣고 낟알을 자세히 살펴보았습니다."

"그래, 어떻더냐? 우리도 키울 수 있겠더냐?"

"예, 낟알은 해마다 나는 곳에서만 납니다. 어떤 곳에는 무리지어 나기도 합니다. 그런 걸 보면 우리가 따지 않은 낟알이 떨어져서 다시 나는 것 같습니다."

"그러면 그 낟알들이 언제 떨어져서 싹을 틔우더냐?"

"아마 찬바람이 불면 떨어져서 추위가 지나간 뒤 따뜻해지면 다른 풀들과 함께 싹을 틔우는 것 같습니다."

"그러면 올해는 낟알을 더 많이 따도록 하라. 그래서 땅을 일궈 심어 보자."

대모의 말에 모두 고개를 끄덕였다.

다음날부터 숲속에서 사냥 훈련을 받는 남자 아이들은 훈련을 마치면 낟알을 땄다. 바다에서 물너울에게 자맥질 훈련을 받는 아이들은 물고기를 잡아서 식량에 보탰다.

큰동굴 안에는 다른 때와 달리 낟알들이 종류별로 바구니에 쌓였다. 겨울 식량인 물고기도 연기에 그을어서 동굴 천정에 매달았다. 고래고기의 비릿한 냄새까지, 큰동굴 안은 냄새만 맡아도 배가 부를 것 같았다.

독사에게 물렸던 새소리도 다 나아서 열매며 낟알을 채집하러 다녔다.

새로 만든 통나무배

저녁노을이 붉게 물들었다. 골짜기에 들어앉은 호수도 붉은 하늘을 안고 찰랑거렸다.

"배가 다 만들어졌다. 바다에 띄우자."

홈팜이와 불잡이가 사람들을 불렀다.

"자, 너희들도 함께 가자."

큰동굴에 있는 남자들은 모두 숲으로 들어갔다.

숲속에는 홈팜이와 불잡이가 일을 한 흔적들이 눈에 띄었다. 나뭇가지며 나무껍질들이 흩어져 있고, 숯덩이 같이 시커멓게 그을린 나무 조각들이 쌓여 있었다. 그 옆에 어른 서너 배는 될 듯한 통나무배 한 척이 사람들을 기다리고 있었다.

"음, 배가 잘 만들어졌구나!"

물너울이 아이들을 돌아보며 만져 보라고 했다.

"수고하셨……."

"저희들을 위해 이렇게 애를 써 주셔서 감사합니다. 이 배로 식구들의 양식이 되는 고래를 많이 잡도록 하겠습니다."

흰파도가 인사를 하려고 하자 쥐눈이가 나서서 흰파도 말허리를 잘라버리고 제가 인사를 대신했다.

"허허, 그래 이 배로 우리 식구들을 위해 사냥을 해 주렴. 이제 너희들이 우리 가족을 이끌어가야 하지 않겠냐?"

홈팜이가 쥐눈이 어깨를 잡고 아이들을 둘러보았다.

"그럼. 이제는 얘들 세상이지."

물너울도 부쩍 많아진 주름살과 흰 머리카락을 쓰다듬었다.

사람들은 통나무배를 바닷가로 옮겼다.

"내일 날이 밝으면 배를 띄워 보자."

사람들은 큰동굴로 들어갔다.

"바깥 바다에는 물빛이 붉고, 고기 떼가 움직여!"

먼눈이가 동굴로 들어서며 해질녘에 보았던 바다 모습을 말해 주었다.

"음, 그러면 곧 고래가 나타나겠구나."

물너울이 고개를 끄덕이며 사람들을 둘러보았다.

"언제가 좋을까?"

어른들이 바다에 나갈 날을 의논하고 있었다.

"새김이를 찾아가서 날을 알아보도록 하여라."

대모가 얼굴을 돌리며 새김이 노인을 들먹였다.

"예, 내일 찾아가 보겠습니다. 내일 작은동굴에 갈 때는 아이들을 데리고 가면 어떻겠습니까?"

물너울이 대모에게 물어보았다.

"그거 좋은 생각이다. 앞으로 우리 식구를 이끌 애들이니까 그렇게 하도록 하여라."

쥐눈이는 흰파도를 돌아보았다. 싱긋 웃는 눈빛이 바늘 끝처럼 뾰족했다. 흰파도는 그 눈길을 피했다. 갈수록 쥐눈이 눈빛이 매섭고 마주하기가 싫어졌다.

"새소리, 너도 함께 가자."

갑작스러운 말에 동굴에 있던 사람들이 쥐눈이를 돌아보았다.

"내, 내가 왜?"

동굴 안쪽에 어머니들과 함께 있던 새소리가 화들짝 놀라 눈이 동그래졌다.

"새소리를 왜 데리고 가려는 거냐?"

대모도 놀란 눈빛으로 쥐눈이를 바라보았다.

"새소리도 앞으로 어머니가 될 텐데, 바위벽을 봐 두는 것도 좋을 것 같습니다."

쥐눈이가 대답을 하면서 새소리를 바라보았다.

"……!"

새소리는 눈길을 어디에 두어야 할지 몰라 쩔쩔맸다.

“음, 새소리를 생각해 주는 쥐눈이의 마음이 예쁘구나. 그렇게 하렴.”

작은동굴에 여자가 가는 것을 허락한 건 처음이다.

사람들은 눈이 동그래졌다. 고개를 갸웃거리는 사람도 있었다.

“대모님, 거기는……!”

물너울이 나섰다.

“괜찮다. 여자라고 안 되라는 법 없다. 늘 선창잡이만 가다가 다른 사람도 가지 않느냐. 그러니 그런 닫힌 생각은 이제 버리자.”

대모는 두 사람을 바라보며 고개를 끄덕였다. 쥐눈이와 새소리를 짝지어 주려는 눈치였다. 사람들은 대모의 말에 아무도 반대하지 않고 내일 일을 의논했다.

쥐눈이는 제 자리로 돌아가면서 흰파도를 돌아보았다. 흰파도의 얼굴빛은 매우 어두웠다.

다음날 아침이 되었다.

“배부터 띄워 보자.”

그렇게 바다에 띄워진 통나무배는 중심도 잘 잡혔고, 어른 예닐곱은 충분하게 탈 수 있었다.

“야, 이 배가 함께하면 고래사냥이 훨씬 수월하겠다.”

“이번 고래사냥은 애들에게 좋은 경험이 될 것이다.”

어른들도 기대에 부풀어 얼굴빛이 밝아졌다.

선창잡이 : 무리를 지어 사냥할 때 맨 먼저 창으로 찌르는 사람.

"배는 잘 만들어졌으니 됐다. 너희들은 나를 따라 바위벽으로 가자."

물너울이 새로 만든 배에 오르며 아이들을 불렀다.

"새소리, 빨리 타!"

쥐눈이가 새소리 손을 잡고 배에 올랐다. 배가 뒤뚱거렸다.

"어어, 조심해."

비틀거리는 새소리를 쥐눈이가 부축해 주었다.

"허허, 그 녀석, 어째서 새소리만 챙겨?"

"이제 그럴 때잖아!"

사람들은 점점 쥐눈이와 새소리 사이를 사실로 만들었다.

하지만 흰파도는 벌레 씹은 얼굴로 눈길을 돌렸다. 새소리와 쥐눈이가 있는 쪽으로는 얼굴도 안 돌렸다. 새소리도 흰파도와 눈을 마주치지 않으려고 얼굴을 돌렸다. 쥐눈이는 그런 두 사람을 보며 보일 듯 말 듯한 웃음을 머금었다.

"자, 내려라."

사람들은 바위벽 앞에 배를 대고 내렸다.

"어허, 오늘은 애들까지 데리고 어쩐 일인가?"

새김이 노인이 맞이했다.

"새김이 어른, 고기 떼가 나타났습니다. 그리고 새 배를 만들었고요."

물너울이 새김이 노인에게 바다에 나갈 때가 되었음을 말했다.

"새 배는 애들이 탈건가?"

"예, 애들이 새 배를 타고 고래사냥을 같이 할 겁니다. 언제 나가면 좋겠습니까?"

새김이 노인은 물너울의 물음에 잠깐 생각을 하더니 천천히 입을 열었다.

"내일 일찍 나가게. 새 배를 앞세워서 큰 놈을 잡도록 하게. 단, 새끼를 데리고 있는 어미는 피하고!"

"예, 여태껏 새끼를 가진 어미는 안 잡았습니다."

"그래야지. 그리고 애들은 왜 데리고 왔는가?"

"이제부터 애들 가운데 한 명이 새김이 어른을 찾아뵐 겁니다."

물너울 말을 들으며 쥐눈이를 자세히 바라보는 새김이의 눈빛이 썩 밝지 않았다.

"너도 고래 사냥을 나갈 거냐?"

새김이 노인이 흰파도를 보고 물었다.

"예? 아 예."

당연한 일을 갑자기 묻자 흰파도는 우물쭈물했다.

"애는 왜 데리고 왔나?"

새소리를 가리켰다.

"제가 데리고 왔습니다."

새김이 노인이 쥐눈이와 새소리를 번갈아 보면서 눈살을 찌푸렸다.

"다음에는 누구든 혼자 오도록 해라. 이렇게 떼를 지어 오면 영혼들이 놀란다."

새김이 노인은 얼른 돌아가라고 했다.

사람들은 쫓겨나다시피 돌아섰다.

"흰파도 너는 잠깐 나 좀 보자."

새김이 노인이 흰파도를 불렀다.

"내일 조심해라. 저 녀석을 특히 조심해야 한다. 여자 하나 때문에 큰일이 일어날 수 있다. 내 말은 너만 알고 조심해. 알았지?"

새김이 노인이 흰파도에게 주의를 하라고 일러 주었다.

물너울과 아이들은 배를 타고 큰동굴로 돌아왔다.

"야, 새김이 노인이 뭐라고 했어?"

짐작한 대로 쥐눈이가 흰파도 가까이에 다가와서 물었다.

"응, 새김질할 마음이 없느냐고 물으셨어."

흰파도는 둘러댔다.

"그래 너는 뭐라고 했는데?"

"생각해 본다고 했어."

"그러면 되겠네. 네가 잘할 것 같으니까 새김이 어른이 그러는 거 아니겠
어."

쥐눈이는 환하게 웃으며 새소리를 돌아보았다.

첫 고래잡이

날이 밝았다. 벌써 바닷가에는 새로 만든 배와 그동안 쓰던 배들이 노를 걸친 채 바다로 나갈 준비를 하고 있었다.

"새 배에는 너희들이 타도록 해라. 쥐눈이가 뱃머리에 타고, 배 뒤에는 흰파도가 타라."

물너울이 쥐눈이와 흰파도에게 각각 자리를 정해 주었다.

"우와, 쟤들도 어른들 못지않게 어깨가 떡 벌어졌어!"

"암, 이제 우리 가족들을 보호하고 이끌어 나가야 할 때가 된 거지!"

사람들은 쥐눈이 또래들을 보고 좋아했다. 특히 굵어진 팔과 넓어진 어깨를 믿음직한 눈길로 바라보았다.

그때였다.

"고래다. 고래!"

큰 바다가 잘 보이는 망루나무에서 먼눈이가 소리쳤다.

"예측한 대로 맞춰서 나타났구먼. 모두 배를 띄워라!"

물너울이 주먹을 불끈 쥐고 목소리를 높였다.

젊은 사람들은 물너울 목소리에 따라 잽싸게 배를 띄웠다.

"조심해!"

사람들 틈에서 가느다란 목소리가 흰파도의 발걸음을 붙들었다. 새소리였다.
두 사람은 나이가 들면서 입으로 하는 말보다 서로 바라보기만 할 때가 많았
다. 뭐라고 하는 사람이 없어도 눈치를 살폈다.

"어, 으응."

흰파도는 새소리를 돌아보며 싱긋 웃었다.

"야, 빨리 안타고 뭐해?"

쥐눈이가 흰파도 등을 밀었다. 미는 손에 힘이 잔뜩 들어 있었다.

"새소리, 갔다 올게!"

쥐눈이가 새소리를 향해 손을 흔들었다. 새소리는 얼굴을 돌렸다.

"모두 쥐눈이 배를 따라라!"

물너울이 소리쳤다.

"요즘 들어 부쩍 쥐눈이를 챙기네?"

"글쎄, 자맥질이나 창질을 보면 흰파도가 훨씬 나은데……."

“모를 일이야.

어렸을 때는 흰파도를 챙기더니……!”

어른들은 유난히도 쥐눈이를 챙기는 물너울의 속을 모르겠다고 고개를 갸웃거렸다.

“쥐눈이, 조심해. 고래 등에 부딪쳐서 배가 뒤집혀!”

물너울이 쥐눈이가 탄 배에서 눈을 떼지 못했다.

“저기다. 둘러싸라!”

쥐눈이는 물너울에게 들은 고래잡이 이야기를 떠올리며 소리쳤다.

“고래는 숨을 쉬어야 하기 때문에 꼭 물 위로 올라온다. 그때 창질을 해야 한다. 그리고 새끼를 데리고 다니는 고래는 깊이 내려가지 않는다. 그렇다고 새끼를 데리고 있는 어미 고래를 잡아서는 안 된다.”

물너울은 시간만 나면 고래사냥에 대한 이야기를 해 주었다. 그래서 아이들은 고래사냥을 해 보지 않아도 사냥법을 훤히 알고 있었다.

쥐눈이가 가리키는 곳에 고래 한 마리가 등을 보이며 물을 수증기처럼 내뿜었다. 내뿜는 숨소리가 나뭇가지에 걸린 바람소리 같았다.

“저 고래가 제일 크다. 흰파도, 저 고래 등에 창을 꽂아라.”

쥐눈이가 흰파도를 보고 손짓을 했다. 그건 곧 제일 먼저 창질을 하는 사람이 제일 위험하기 때문이다. 흰파도가 먼저 창을 꽂으면 다른 창잡이들도 꽂힌 흰파도 창 옆에 꽂을 것이다. 그러면 고래는 피를 흘리고 힘이 빠져서 서서히 죽어갈 것이다.

흰파도는 망설였다. 큰 고래 옆에 찰싹 달라붙은 새끼고래를 보았기 때문이다.

"안 돼. 저 고래는 새끼를 데리고 있어."

"새끼고래 생각은 하지 마라.
우린 식구가 많아서 무조건 큰 고래를 잡아야 한다.
빨리 뛰어내려!"

흰파도는 쥐눈이 말을 따르지 않았다. 그러자 쥐눈이가 고함을 질렀다. 망설이며 파도가 일렁이는 바다를 자세히 살피던 흰파도가 드디어 창을 바투 잡고 바다로 뛰어들었다.

하지만 어미고래가 아닌 다른 고래, 새끼가 없는 조금 작은 고래 등을 향해 창을 꽂았다. 창잡이들도 창을 휘두르며 바다로 뛰어들었다. 그 바람에 어미고래는 새끼를 데리고 피할 수 있었다.

쥐눈이의 얼굴빛이 싸늘해졌다. 하지만 이미 뛰어든 흰파도를 어쩌지 못하고 그대로 두었다.

다른 창잡이들은 창을 뽑은 뒤 배 위로 올라왔다. 그러나 흰파도는 고래에 꽂힌 창을 붙들고 물속을 들락거렸다.

자맥질로 다져진 몸이 아니면 벌써 창을 놓고 배에 올랐던지, 아니면 물속에 가라앉았을 것이다.

배에 탄 사람들은 초조한 눈빛으로 흰파도를 지켜보았다.

"흰파도, 위험하다 올라 와!"

물너울이 소리쳤다.

하지만 흰파도는 듣지 못했다.

점점 고래의 움직임이 둔해진 듯했다. 흰파도도 고래 옆구리에 꽂힌 창을 붙들고 물 위로 올라왔다.

흰파도가 지친 듯 숨을 몰아쉬었다.

고래도 하얀 배를 보이기 시작했다.

"고래가 마지막 발악을 하면 위험하다. 놓고 올라와!"

사람들은 고래가 곧 마지막 힘을 다 쏟아서 몸부림을 칠 거라는 걸 알고 있었다. 하지만 흰파도보다 고래의 움직임을 더 자세히 살피던 쥐눈이가 기회를 놓치지 않았다.

"이얏!"

쥐눈이가 고함을 지르며 창을 앞세워 바다에 뛰어들었다. 창은 고래의 흰 가슴을 뚫고 깊이 파고들었다.

고래는 몸을 몇 번 뒤척이더니 움직임을 멈췄다.

"와, 드디어 고래가 죽었다."

"흰파도가 위험했는데 쥐눈이가 때맞춰 뛰어들었구나!"

쥐눈이의 단 한 번 창질에 축 늘어진 고래를 보고 사람들은 칭찬을 아끼지 않았다. 하지만 물너울은 입을 다물고 그냥 지켜보았다. 얼굴빛도 썩 개운해 보이지 않았다. 쥐눈이는 곁눈질로 물너울의 눈치를 살폈다. 어느 누구보다 물너울의 칭찬을 듣고 싶었던 쥐눈이었다.

그러나 물너울은 다른 사람들과 달리 칭찬을 하지 않았다. 눈을 가늘게 뜨고 흰파도와 쥐눈이를 번갈아 보면서 혼자 고개를 끄덕였다.

"쥐눈이가 대단하지 않습니까? 앞으로 고래사냥을 맡겨도 될 것 같은데요!"

발톱이 물너울을 보고 쥐눈이 칭찬을 했다.

"쯧쯧, 어리석은 녀석!"

물너울은 발톱의 말을 들은 척도 않고 흰파도를 보고 혀를 찼다.

"왜, 흰파도가 어리석어요?"

물너울의 속마음을 모르는 발톱이 놀란 눈으로 물너울을 쳐다보았다.

“자네 눈에도 저 고래를 잡는 데 쥐눈이가 가장 애를 많이 쓴 것처럼 보이는가?”

“예, 흰파도가 감당을 못하고 쩔쩔맬 때 급소를 찔러 잡지 않습니까?”

발톱은 당연하다는 듯 목소리에 힘을 주고 말했다.

“허허, 저 두 녀석의 좋은 점만 따서 하나로 묶으면 참 멋진 녀석이 될 텐데!”

물너울은 고개를 설렁설렁 흔들었다.

“무슨 일입니까? 오늘따라 왜 알아들을 수 없는 말씀만 하십니까?”

"잔꾀만 부리지 않으면……, 그래도 우리에게는 쥐눈이 같은 사람이 필요해."

물너울은 발톱을 돌아보며 고개를 끄덕였다.

발톱은 알아들을 수 없는 물너울의 말을 들으면서 쥐눈이와 흰파도를 바라보았다.

"가라앉기 전에 묶어라."

쥐눈이는 뱃머리에 서서 지시를 하고 있었고, 흰파도와 다른 아이들은 바다에 들어가서 고래 몸에 밧줄을 묶었다.

어른들은 멀찍이 배를 대놓고 그런 아이들을 바라보았다.

"두 녀석의 다른 점이 바로 저거야!"

물너울이 쥐눈이와 흰파도를 가리키면서 입맛을 쩝쩝 다셨다.

"쥐눈이는 말로만 하고 흰파도는 직접 뛰어들어서 몸으로 일을 하지 않습니까?"

"전체를 보려면 조금 멀리서, 조금 위에서 보아야 시야가 넓어서 잘 보이는 법이거든. 우리 가족 전체를 이끌어가려면 쥐눈이 같은 사람이 필요해. 하지만……!"

물너울이 말을 하다 말고 발톱을 돌아보았다. 눈 속에는 어두운 그림자가 묻어났다.

한편 쥐눈이와 흰파도가 고래 몸에 꽂힌 창을 뽑았다. 깊이 박힌 쥐눈이 창이 잘 빠지지 않았다.

쥐눈이는 고래 배에 두 발을 디디고 창을 뽑았다. 쑥 빠졌다.

창이 빠지는 바람에 쥐눈이가 몸에 중심을 잃고 허우적거렸다. 창을 잡은 팔을 더 많이 흔들었다.

"앗, 위험해!"

물너울이 물로 뛰어들었다. 하지만 이미 늦었다. 쥐눈이의 창날이 흰파도의 옆구리를 스치고 말았다.

"으악!"

흰파도의 비명이 붉게 물든 바다를 더욱 아프게 했다. 쥐눈이는 짐짓 태연했다. 눈만 동그래진 채 물너울과 함께 흰파도를 부축했다.

"흰파도부터 끌어 올려라!"

물너울과 쥐눈이가 흰파도를 뱃전에 붙이자, 몇몇 사람들이 흰파도를 배에 끌어 올렸다.

뱃전 : 배의 양쪽 가장자리 부분

“흰파도, 많이 아프지? 몸에 중심을 잃는 바람에……."

쥐눈이가 얼굴을 찡그리며 흰파도 옆구리를 들여다보았다.

"됐어."

흰파도는 새김이 노인의 말을 떠올리며 쥐눈이 창끝에 목숨을 잃지 않은 것만 해도 다행이라고 마음먹었다.

"상처가 깊어 보이는구나. 흰파도부터 데리고 가거라. 쥐눈이는 고래 묶는 일을 같이 하고!"

흰파도를 태운 배는 호수를 향해 먼저 출발을 했다.

고래를 배에 묶는 사람, 뒷정리를 하는 사람들은 모두 흰파도를 걱정했다. 하지만 깊고 작은 쥐눈이 눈에는 아무도 보지 않은 웃음이 스쳐 지나갔다.

사람들은 풀줄기와 나무껍질을 꼬아 만든 밧줄로 고래를 배에 묶었다. 고래를 묶은 통나무배들은 한쪽으로 비스듬히 기울어졌다.

가운데로 기울어진 배 네 척과 고래가 몸을 붙여 한 몸이 된 채 노를 저었다. 기울어진 배 안으로는 금세라도 물이 넘쳐들 것만 같았다.

"쥐눈아, 오늘 고생했다. 네가 나서서 고래잡이가 수월하게 끝났구나. 다만 흰파도가 다친 게 마음이 쓰이는구나. 네게는 힘이 될 흰파도인데 말이야."

물너울이 돌아오는 길에 쥐눈이 옆에 앉아서 쥐눈이 어깨를 감쌌다.

"죄, 죄송합니다. 조심을 했어야 했는데 그만……."

"안다. 네가 일부러 그랬겠느냐. 하지만 이런 큰일을 할 때는 더욱 조심해야 한다."

두 사람은 조용조용 이야기를 주고받으며 계곡을 향했다.

“와, 벌써 사람들이 나와 있다!”

고래를 잡은 사람들은 바위벽 앞으로 갔다.

머리가 하얀 새김이가 나타나서 한참 동안 고래와 사람들을 훑어보았다.

“왜, 흰파도는 안 보이느냐?”

새김이 노인이 물너울을 보고 물었다.

“고래를 잡다가 조금 다쳤습니다.”

“흠, 식구를 다치게 하면 안 되지!”

새김이 노인이 쥐눈이를 노려보며 몸을 부르르 떨었다.

쥐눈이는 움찔했다.

“일부러 다치게 한 게 아니라. 그냥 부주의에서 생긴 사고입니다.”

물너울이 손을 저었다.

“알았네. 오늘의 모습들을 또 바위벽에 새길 것이네. 자네들의 용맹함과 죽은 고래의 영혼을 달래면서 마음을 모아 새길 것이네!”

새김이 노인은 고래잡이에 고생한 사람들을 돌아가게 했다.

새김이가 되는 날

다리에 이어서 옆구리까지 상처를 입은 흰파도는 오랫동안 동굴에서만 지냈다. 낮에는 대부분의 시간을 혼자 보낼 때가 많았다. 동굴 안쪽에는 대모와 함께 나이 많은 어머니들과 여자아이들이 있었고, 남자들이 지내는 동굴 들머리에는 흰파도가 고래고기의 비릿한 냄새와 매캐한 모닥불 냄새를 맡으며 지냈다.

"너는 아직도 아파?"

쥐눈이가 작은 물고기 몇 마리를 풀줄기에 꿰어 들고 동굴에 들어섰다.

"이제 괜찮아."

흰파도의 눈길은 쥐눈이가 들고 있는 고기를 향했다.

들머리 : 들어가는 맨 첫머리, 들목.

"왜, 적게 잡았다고 비웃는 거야?"

늘 흰파도가 못마땅한 쥐눈이는 고기를 흰파도 코앞에 들이대고 흔들었다.

"아, 아니야. 그런 게 아니고……, 오늘은 고기가 많이 없었나 봐?"

"이제부터 고기 잡는 일에는 신경 쓰지 말고 네 앞가림이나 해!"

쥐눈이가 말을 툭 뱉으면서 대모가 있는 동굴 안쪽으로 들어갔다.

흰파도는 벽에 세워둔 작살을 잡았다. 오랜만에 잡아보는 작살이었다.

'그래 내일은 자맥질을 할 수 있겠어.'

벽에 나무토막을 세워놓고 사냥감처럼 노려보던 흰파도는 작살을 어깨 위로 들어올렸다. 마치 물속에서 큰 물고기를 겨냥하듯 허리까지 숙였다.

그리고는 벽을 향해 던졌다.

그때였다.

동굴 안쪽에서 나오던 쥐눈이가 갑자기 손을 뻗었다. 작살 끝은 쥐눈이 손을 스치며 세워놓은 나무토막에 꽂혔다.

"아악!"

쥐눈이의 비명이 동굴 안을 쩌렁쩌렁 울렸다.

"무슨 일이야?"

"누가 다쳤어?"

동굴 안쪽에서 놀란 대모와 어머니들이 나왔다.

"누구야? 누가 다친 거야?"

바깥에서 사냥 준비를 하던 물너울도 뛰어 들어와서 놀란 눈으로 동굴 안을 둘러보았다.

"쥐눈이가……!"

대모가 웅크리고 있는 쥐눈이를 보고 놀라 소리쳤다.

"쥐눈아, 왜 그래?"

물너울이 쥐눈이를 부축해서 일으켜 세웠다. 왼쪽 손등에서 빨간 피가 흘러내렸다.

"어쩌다가 이랬어?"

물너울이 쥐눈이 상처를 들여다보고 물었다.

"흰파도가 던진 작살에……."

쥐눈이는 대답대신 흰파도의 작살과 흰파도를 번갈아 노려보았다. 흰파도가 똥 마려운 강아지처럼 안절부절못했다.

"흰파도 네가……, 왜, 그랬어? 앙갚음한 거야?"

물너울이 흰파도를 돌아보았다. 눈빛이 싸늘한 게 예사롭지 않았다.

"아, 아닙니다. 그냥 연습을 하는데 쥐눈이가…….."

"창이 기다렸다는 듯이 저를 향해 날아왔습니다."

쥐눈이가 흰파도 말을 막았다.

"우선 쥐눈이 손부터 치료해 줘라."

대모가 굳은 얼굴빛을 한 채 동굴 안쪽으로 들어갔다.

"쥐눈아, 나가자. 다행히 많이 다치지는 않았네."

한 어머니가 서둘러 쥐눈이 손을 감싼 채 돌로 부드럽게 다진 나무껍질을 들고 동굴 밖으로 나갔다.

"아, 따가워요!"

어머니가 쥐눈이 손을 찰랑거리는 물에 담가 씻었다.

"참아라. 바닷물에 씻어서 며칠만 있으면 나을 거다."

어머니는 나무껍질로 쥐눈이 상처를 정성껏 감싸 주었다.

"흰파도는 어떻게 돼요?"

쥐눈이가 걱정이 된다는 듯 어머니를 돌아보았다.

"대모님께서 어떻게 할지 모르겠지만, 일부러 가족을 다치게 하면 큰 벌을 받게 되겠지."

"흰파도가 일부러 그런 건 아닐 텐데…….."

말꼬리를 흐리는 쥐눈이 입가에는 웃음기가 걸려 있었다.

"그런 걱정은 그만하고 네 손에 상처나 빨리 낫게 조심해."

어머니는 쥐눈이 손을 꼭 잡아 주었다.

골짜기에 어둠이 깔렸다. 큰동굴 안에는 식구들이 다 모였다. 빠진 사람은 새김이 노인 한 사람뿐이었다. 어떤 일이 있어도 큰동굴에 오지 않는 새김이 노인이기에 가족들은 당연한 일로 받아들였다.

"쥐눈이와 흰파도는 앞으로 나오너라."

물너울이 두 아이를 대모 앞으로 불러냈다. 쥐눈이는 당당하게 가슴을 펴고 나왔지만, 흰파도는 고개를 푹 숙인 채 힘없이 나왔다.

"동굴 안에서 창질은 왜 했느냐?"

대모가 흰파도에게 물었다. 목소리가 매우 날카로웠다.

"저, 물고기 사냥 연습을……."

목구멍으로 기어들어가는 소리로 대답하는 흰파도 눈에서 눈물이 그렁거렸다.

"던지지 말라고 손짓을 했는데도……."

쥐눈이가 나섰다.

"쥐눈이 말이 사실이라면 흰파도는 큰 벌을 받아야 한다."

대모의 말에 흰파도는 쥐눈이를 돌아보았다. 쥐눈이는 눈썹하나 까닥하지 않았다.

“아닙니다. 쥐눈이가 나오는 걸 못 봤습니다.”

흰파도가 손을 흔들었다.

“저……, 지난번에 흰파도가 돌고래와 함께 노는 걸 내가 보았습니다. 그걸 안 흰파도는 아무에게도 말하지 말라고 했습니다.”

쥐눈이는 돌고래 이야기까지 다해버렸다.

“뭐, 돌고래……, 그러면 지난번 다친 너를 데려다 준 그 고래가……?”

물너울이 놀란 눈으로 흰파도를 돌아보았다.

“그 돌고래를 잡자고 했더니 먼바다로 돌려보내려고 했습니다. 그걸 알고 따지자 그때부터 나를 미워했습니다.”

쥐눈이는 없었던 일까지 보탰다.

“아까워라.”

“돌고래 한 마리면 며칠 동안 거친 바다에 안 나가도 되는데.”

“그렇다고 창을 던져!”

사람들은 웅성거렸다.

“아, 아닙니다. 돌고래랑 바다에서 놀았던 것은 사실이지만……”

“쥐눈이 말이 맞네.”

긴가민가하던 사람들까지 흰파도 입에서 돌고래 말이 나오자 쥐눈이 말을 믿었다.

“흰파도는 작은동굴로 보내기로 한다. 거기 가서 새김질을 배워 우리 가족의 안녕을 기원하는 훌륭한 새김이가 되어라!”

대모는 새김질에 대해 관심을 보였던 흰파도를 기억하고 있었던 것이다.

다음날이었다. 흰파도는 배에 올랐다. 물너울과 발톱도 장정들과 함께 여러 척의 배에 올랐다.

“그 일을 하는 것은 우리 가족을 위하고 네 죄를 씻는 일도 되겠지만, 무엇보다 너를 위하는 일이라는 것을 잊지 마라. 또한 큰동굴에서 일어나는 모든 일에는 관심을 갖지 마라. 오로지 새김이로서 해야 할 일들만 묵묵히 하여라. 그게 너를 위하는 일이 될 것이다.”

말을 마친 대모는 눈을 지그시 감았다. 속눈썹 사이로 눈물이 비쳤다. 대모의 눈물 속에는 흰파도를 떠나보내는 슬픈 마음만 들어 있는 게 아니었다.

“잘 가. 흑흑……!”

사람들 속에서 작은 목소리가 흘러나왔다. 어느새 얼굴이 온통 눈물로 젖은 새소리였다. 흰파도는 아무 말도 못하고 그냥 고개만 끄덕였다.

해보고 싶었던 새김질이었다. 하지만 실제로 새김이가 되기 위해 큰동굴을 떠나 작은동굴에서 산다고 생각하니 마음에 걸리는 것들이 많았다. 그 모습을 지켜보던 쥐눈이는 입을 꼭 다물었다. 무엇인가 스스로 다짐을 하는 듯 보였다.

드디어 배가 뒤뚱거리며 작은동굴을 향해 미끄러져 나갔다. 노 몇 번만 저으면 닿을 수 있는 작은동굴인데도 영원한 이별처럼 모두 슬퍼했다.

"잘 왔다."

작은동굴 앞에서 새김이 노인이 물너울과 흰파도를 맞이했다.

물너울은 아무 말도 하지 않고 돌아갔다.

두 사람은 바위벽 앞에 서서 새긴 그림을 한참 동안 바라보고 서 있었다.

흰파도는 그렇게 새김이 노인과 함께 작은동굴에서 지내게 되었다.

118

쥐눈이의 욕망

세월이 흘렀다. 따뜻한 바람이 불 때 낟알을 뿌리고, 낙엽이 질 때 더 많은 낟알을 거두는 일이 거듭되었다.

그동안 큰동굴이 비좁을 만큼 가족도 늘었다. 머리가 하얀 대모는 동굴에서 잘 나오지 않았다. 일어서서 걷는 것도 힘들어보였다. 얼굴에 주름이 많아진 물너울과 발톱도 바다에는 들어가지 않고 도구와 무기만 만들었다.

쥐눈이는 큰동굴 가족들을 바다부족이라고 이름 짓고, 부족장이라는 자리를 만들어 자신이 차지했다. 큰목소리와 곁눈이는 그런 쥐눈의 비위를 맞추면서 지냈다.

쥐눈이가 부족장이 된 뒤부터 부족들 사이에 층이 생겼다. 층에 따라 사람들의 삶도 차이가 났다.

부족장을 따르는 사람들은 질 좋은 고기와 낟알을 배불리 먹을 수 있었다. 하지만 쥐눈이 눈 밖에 난 사람들은 늘 배고픔을 면하지 못했다.

"식구가 늘어나서 큰동굴이 비좁다."

쥐눈이가 동굴 옆에 움막을 짓자고 했다. 곁눈이가 보고 온 낟알을 키우던 부족들처럼 움막을 지으면 늘어난 식구들이 지내기가 편하겠다고 했다.

"앞으로 큰동굴은 우리 부족의 본부로 삼을 겁니다. 다른 부족들이 쳐들어 와도 큰동굴을 본부로 두면 안전하기 때문입니다."

쥐눈이는 앞으로 할 일과 부족의 큰일들은 큰동굴에서 결정할 거라고 말했다. 바다부족 사람들은 반대하지 않았지만 돌아서는 눈빛은 어두웠다.

그날부터 바다부족 사람들은 키가 큰 갈대와 억새풀을 모았다. 길고 튼튼한 나무들도 동굴 앞에 쌓았다.

"자기가 살 움막을 각자 짓도록 하시오."

부족 사람들은 쥐눈이 말에 한마디 대꾸도 하지 못했다. 혹시 자신에게 더 나쁜 일이 생길까 봐 두려웠던 것이다.

그렇지 않아도 쥐눈이 명령이라면 죽는 시늉까지 하며 따르는 사람들은 움막을 지을 필요가 없다. 쥐눈이와 큰동굴에서 함께 살 수 있기 때문이다. 그러니 바다부족 사람들이 쥐눈이 눈에 잘 보이려고 애쓰는 건 당연한 일인지도 모른다.

부족 사람들은 나무 기둥을 세우고 풀과 나뭇가지로 벽을 만든 움막으로 이사를 했다. 여름에 더우면 벽에 구멍을 내어서 바람을 통하게 하고, 겨울에 추우면 움막 안에 구덩이를 파고 작은 모닥불을 피워 추위를 피했다.

쥐눈이 옆에는 늘 새소리가 앉아 있었다. 사람들은 새소리에게도 말을 함부로 하지 못했다.

"앞으로 새소리는 대모를 대신해서 우리 부족의 안살림을 할 겁니다. 그러니 그의 말을 잘 따르도록 하시오!"

쥐눈이는 사람들에게 명령을 했다.

그래도 사람들 가운데 누구 하나 나서서 반대하는 사람이 없었다.

"쥐눈이를 저렇게 만든 건 우리야!"

몇몇 사람들은 자신들을 나무라며 돌아섰다.

며칠 뒤였다.

쥐눈이를 비롯해서 젊은 장정들은 고래 사냥 나갈 준비를 했다.

"부족장, 너무 자주 고래사냥을 하는 게 아닌가?"

"그래. 고래를 이렇게 잡으면 우리 후손들은 어떻게 해?"

발톱과 나이 많은 어른들이 걱정을 했다.

"이제 지켜보기만 하십시오. 옛날과 달라서 우리 부족은 사람들이 많아졌고, 고래가 안 잡힐 때를 생각해서 비축도 해야 합니다. 앞으로는 내가 하는 일에 이래라 저래라 하지 마시기 바랍니다!"

어른들은 아무 말도 하지 못했다.

쥐눈이는 배들을 이끌고 고래 사냥을 갔다가 돌아왔다.

큰 고래를 끌고 바위벽으로 갔다. 머리가 하얗고 허리가 굽은 새김이 노인이 힘겨운 걸음으로 나타났다. 그 옆에는 흰파도가 새김이 노인을 부축했다.

"새김이, 잘 봐. 오늘 잡은 고래야. 잘 새기도록 해!"

쥐눈이는 흰파도 새김이에게 두 팔을 벌려 고래를 자랑했다.

흰파도와 새김이 노인은 아무 말도 하지 않고 고래를 보더니 손짓을 했다. 그러자 고래를 묶은 배가 큰동굴 쪽으로 뱃머리를 돌렸다.

잠시 뒤 큰동굴 앞에 배를 댄 쥐눈이는 고래를 끌어올리게 한 뒤 사람들을 불러 모았다.

"오늘부터 고기는 큰동굴에 보관하고 매일 내가 직접 하루 먹을 만큼씩 나누어 줄 것입니다. 식구가 많아서 옛날처럼 마음대로 먹을 수 없습니다. 낟알도 마찬가집니다. 큰동굴에서 보관하는 게 안전하고 골고루 나누어 먹을 수 있습니다.”

쥐눈이의 뜬금없는 말에 사람들은 서로 얼굴만 바라보았다.

“놀랄 것 없습니다. 양식도 아끼고 못 먹는 사람이 없게 하기 위해서는 이 방법밖에 없다고 큰동굴 사람들이 결정한 일이니 그렇게 아시고 따라 주시기 바랍니다.”

쥐눈이의 말이 끝나자, 사람들은 웅성거리기 시작했다.

“여태껏 그렇게 살아도 아무 탈 없었어. 그러니 각자 움막에 골고루 나누어 놓고 필요한 만큼 먹고 남으면 모자라는 움막에 주면 되는 일인데 뭘 그렇게 복잡하게 해?”

발톱이 나섰다. 그러자 큰동굴에서 쥐눈이와 함께 지내는 장정들이 눈을 부라리며 발톱을 노려보았다. 어떤 장정은 돌도끼 자루를 꼭 잡고 슬그머니 들어올리기까지 했다.

모인 사람들은 뒤로 한 걸음씩 물러났다. 발톱도 더 말하지 못하고 슬슬 뒷걸음질쳤다. 모인 사람들이 조용해지자 장정들이 도끼를 높이 들었다.

“쥐눈이 부족장 말이 맞다. 부족장 말을 따르자!”

쥐눈이를 따르는 젊은 사람들은 소리를 지르며 선동을 했다.

기세등등한 장정들 앞에서 사람들은 입을 다물었다.

그렇게 자르고 손질한 고래 고기는 한 점도 남김없이 큰동굴로 옮겨졌다.

“내일 아침에 나누어 줄 테니 모두 각자의 움막으로 돌아가시오.”

쥐눈이 말에 사람들은 슬슬 움막으로 들어갔다.

바깥이 조용해졌다.

고래 비린내와 달빛만이 호수를 적셨다. 움막을 밝히던 모닥불들도 희미하게 가물거렸다. 하지만 달이 하늘 가운데를 지나 서산으로 기울어져도 큰동굴 안에서는 모닥불이 활활 타고 있었다.

고기 굽는 냄새도 바다 쪽으로 스멀스멀 흘러내렸다. 사람들은 쥐눈이가 고기를 큰동굴에 보관하겠다고 한 말 때문에 숙덕거렸다.

"고기를 어떻게 나누어 준다는 거야?"

"고래 한 마리면 온전한 달이 두 번 뜰 때까지 먹고도 남았잖아?"

"알아서 잘 주겠지."

"어쩌다가 이렇게 됐어? 우리가 젊었을 때는 큰 욕심이 없었는데!"

고기를 받으러 큰동굴 앞에 모이는 사람들은 걱정과 믿음과 지난 추억을 함께 내려놓았다.

"자, 조용히 하고 질서를 지켜서 받아 가시오!"

큰목소리가 나서서 사람들을 보고 손짓을 했다. 사람들은 큰목소리 손짓에 따라 움직였다.

젊은이들은 고래 고기를 꺼내서 도끼로 찍고 돌칼로 손바닥만큼씩 잘랐다.

"아니 고기가 왜 이렇게 적어?"

"이걸로 하루를 지내라는 거야?"

고기를 받아든 사람들이 불평을 했다.

"힘든 일을 하지 않은 사람은 적게 먹어야 합니다. 그래야 힘든 일을 하는 사람들 몫이 조금 더 많아지고, 그렇게 먹어야 힘을 쓰지요."

쥐눈이가 나서서 말을 하자 조용해졌다.

“다음 고래잡이 통나무배를 탄 사람들은 앞으로 나와서 받아 가세요.”

큰목소리가 고래고기 한 토막을 들고 소리쳤습니다.

노꾼들과 창잡이들이 앞으로 나왔습니다.

“자, 오늘 먹을 고기입니다. 먹고 푹 쉬시오.”

큰목소리가 웃으며 고기 덩어리를 내밀었다. 어른 주먹만 했다.

“이걸 먹고 일을 어떻게 해? 우리는 힘든 일을 하기 때문에 더 많이 먹어야 해.”

“그래서 많이 줬잖소. 욕심 부리지 말고 받아 가시오!”

장정들이 불평하는 사람들을 밀어냈다.

노꾼은 고기를 받아들고 주춤주춤 물러났다.

“이 일은 우리 모두가 결정한 일이다. 따르지 않는 사람은 우리 부족 사람으로 인정할 수 없다.”

모인 사람들은 서로 얼굴만 바라볼 뿐 아무 말도 하지 않았다.

“작은동굴에는 등살을 줘라.”

쥐눈이가 작은 눈을 더 가늘게 뜨고 작은동굴 쪽을 건너다보았다.

“아니, 새김이가 가장 고생을 많이 하는데……?”

사람들이 웅성거렸다.

“요즘 새김질할 거리가 많지 않아서 할 일이 없다.”

쥐눈이가 팔짱을 끼고 근엄하게 눈을 내리깔았다.

“작은동굴에 가서 똑똑히 전하라, 고래 사냥에 창질하는 것을 새길 때는 마지막 창이 꽂힌 모습을 그리도록 하라고!”

바로 쥐눈이 자신이 꽂은 창을 그리라는 말이었다.

그 말을 들은 사람들은 입을 삐죽였다.

"나머지 뱃살과 부드러운 살은 큰동굴로 갖다 놓도록 하라."

쥐눈이는 제 몫을 뱃살로 챙겼다. 제일 부드럽고 맛있는 뱃살을 큰동굴에 갖다 놓고 저를 따르는 사람들에게 조금씩 나눠 주려는 것이다.

"쥐눈이, 고기를 공평하게 나누면 이런 일이 없지 않겠나. 고기와 낟알을 골고루 나누어서 각자의 움막으로 보내 주는 게 어때? 그리고 그 뱃살은 왜 몽땅 큰동굴로 갖고 들어가는 거야?"

쥐눈이 눈꼬리가 갑자기 하늘로 치켜들었다.

"발톱 어른, 옛날 우리에게 돌도끼 쓰는 법과 창 쓰는 법을 가르쳐 줘서 대우를 하는 겁니다. 그러니 입 다물고 가만히 계십시오. 다음부터는 저도 공과 사를 분명히 할 겁니다."

발톱은 얼굴이 붉으락푸르락했다.

"발톱, 참아."

머리가 하얀 물너울이 다가와서 발톱을 데리고 갔다.

그 모습을 지켜보던 쥐눈이가 싱긋 웃었다. 그 웃음 안에 뭔가가 숨어 있는 것 같았다.

쥐눈이는 그렇게 사람들을 모아놓고 첫 나눔을 했다.

발톱의 죽음

노인이 된 물너울과 먼눈이가 힘없이 바닷가를 걷고 있었다.

"아직 일을 할 수 있는데……."

"흥, 물에 들어가는 일쯤은 아직 젊은 사람들에게 뒤지고 싶지 않아!"

물너울이 주먹을 불끈 쥐어 보였다.

하지만 물너울과 먼눈이뿐이 아니었다. 아버지들은 모두 노인이 되어 뒷전으로 물러나 있었다. 그 바람에 몸도 마음도 늙어 버리고 말았다.

어떤 아버지는 스스로 할 수 있는 일마저도 하지 않으려고 했다. 적게 먹고 일을 하면 힘이 없어지고 몸이 쇠약해지기 때문이다.

"우리가 그때 왜, 쥐눈이에게 모든 것을 맡겼는지 몰라."

"어쩔 수 없었지. 흰파도가 그렇게만 하지 않았어도……!"

두 사람은 바닷가를 걸으며 지난날을 다시 떠올렸다.

"이제 우리가 일을 해야 하지 않겠나. 어른들은 편안하게 쉬게 해 드리고 우리가 식구들을 보살펴야 할 것 같은데, 너희들 생각은 어때?"

쥐눈이가 젊은 사람들을 모아놓고 제 마음을 드러냈다.

"그거 좋은 생각이다."

"부족장이라는 자리를 만들어 우리 부족을 책임질 사람도 뽑자."

이미 쥐눈이는 가까이에서 손발처럼 움직이는 젊은 사람을 시켜 분위기를 자신이 원하는 대로 만들고 있었다.

"당장 부족장을 뽑자. 그래야 우리가 할 일을 마음 놓고 할 수 있다!"

"뽑을 게 뭐 있어? 쥐눈이를 부족장으로 앉히면 될 걸."

그렇게 아버지들과 어머니들도 모르게 부족장을 뽑고 모든 권한을 손에 쥔 쥐눈이는 대모마저도 꼼짝 못하게 만들었다.

아버지들도 부족을 위해 젊은 사람들이 나섰다고 하자 오히려 반기는 눈치였다. 그러나 날이 갈수록 변해가는 쥐눈이를 보고 어른들은 실망을 했다.

"대모님이나 보러 가자."

흰파도와 먼눈이는 발길을 돌려 외따로 떨어져 있는 움막으로 갔다.

"대모님, 우리가 왔습니다."

움막 안에는 많이 늙어 버린 대모가 누워 있다가 몸을 일으켰다.

"왔는가?"

대모는 두 사람을 반겼다. 한참 동안 대모 손을 잡고 부족의 앞날을 걱정하던 두 사람은 밖으로 나왔다.

"새김이 어른도 한 번 찾아가 보자."

"그 어른도 이제 거동이 불편하다지?"

"나이가 든 탓이지 뭐."

두 사람은 큰동굴 앞에 묶어 둔 작은 통나무배를 타고 작은동굴로 갔다.

바위벽 앞에는 새 새김이 흰파도가 바위벽에 그림을 새기고 있었다.

"새김이 어른은 좀 어떤가?"

물너울이 흰파도를 보고 물었다.

"늘 누워 계십니다."

"요즘은 먹을 것은 넉넉한가?"

먼눈이가 흰파도에게 물었다.

"……."

흰파도는 대답을 하지 못하고 우물쭈물했다.

"이건, 조개껍질이잖아!"

물너울이 작은동굴 옆 풀숲에서 큰 조개껍질을 주워 들었다.

"그건……, 먹을 게 없어서 바다에 들어갔습니다."

흰파도가 고개를 숙였다.

“새김이로서 자맥질을 할 수 없지만, 이런 형편으로는 어쩔 수 없지!”

“암, 굶어 죽는 것보다 낫지!”

물너울과 먼눈이는 작은동굴을 둘러보았다.

새김이 어른이 누워 있는 동굴 안에는 고래고기 냄새가 사라진 지 오래였다. 먹다가 남은 생선 몇 마리와 조개 몇 개가 전부였다.

“네 실력이면 양식이 될 만큼 충분히 잡을 수 있을 텐데……?”

물너울이 흰파도를 돌아보았다.

“큰동굴에서 누가 볼까봐 밤에만 잠깐씩 자맥질을 합니다.”

흰파도는 숨겨 놓은 작은 작살 창을 내보이며 새김이가 된 몸으로 물고기를 직접 잡는 것은 영혼을 화나게 하는 일이라는 걸 잘 알고 있다고 했다. 하지만, 큰동굴에서 보내 주는 양식은 한 사람 몫도 안 될 만큼 적어서 굶을 때가 많았다.

“새김이로서 해서는 안 되는 일이라는 걸 알면서도 어쩔 수 없었습니다.”

“고통 가운데 가장 큰 고통이 배고픈 고통이야!”

“그럼, 작살이 이것뿐인가?”

두 사람은 쥐눈이를 미워하며 흰파도가 만든 작살을 들어 보였다.

“예, 시간 있을 때 만들어 놓은 작은 작살이 몇 개 있습니다.”

흰파도가 작은동굴 깊숙이 숨겨 놓은 작살을 안고 나왔다.

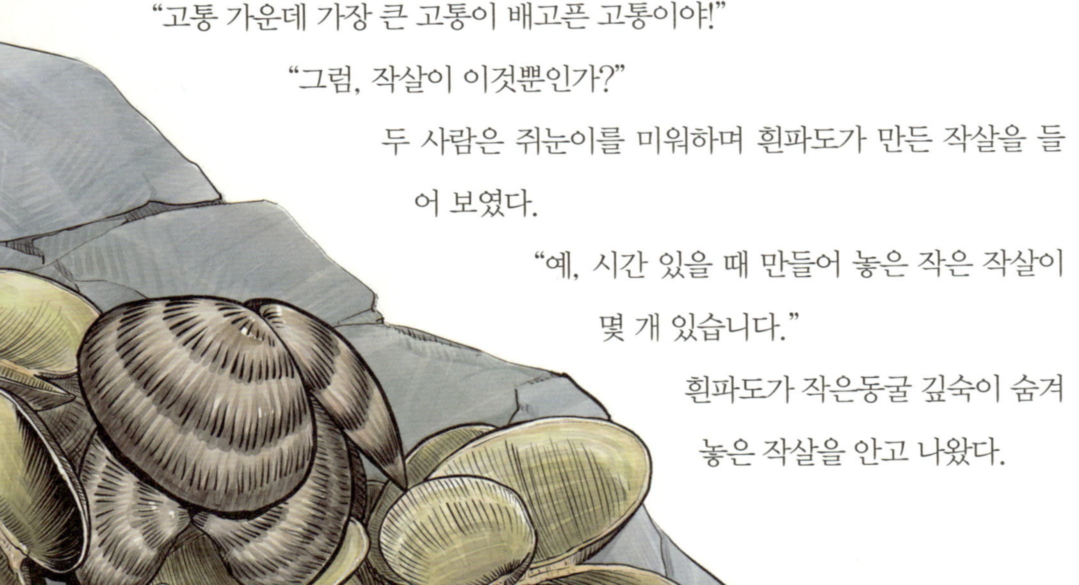

"우리 오랜만에 물에 한번 들어가 보자고."

물너울이 먼눈이를 보고 싱긋 웃었다.

"좋지, 물너울 자네만큼은 못해도 아직 물고기 정도는 잡을 자신이 있어!"

"저 건너에서 안 보이는 쪽으로 가서 하자고."

물너울과 먼눈이는 움푹 들어가서 건너편이 보이지 않는 곳으로 돌아가서 물속으로 조용히 들어갔다.

잔잔하던 호숫가에는 작은 물결이 일었다. 거친 숨소리도 작은동굴까지 날아왔다.

흰파도는 멀찍이 서서 두 사람의 자맥질에 눈을 떼지 못했다. 걱정이 되는지 두 손도 마주 잡고 몸을 옴츠렸다.

흰파도의 그런 걱정은 아랑곳없이 물너울과 먼눈이는 물속을 들락거리며 물고기를 잡았다. 큰 조개도 따냈다.

"먼눈이 자네 실력도 만만찮은데!"

"웬걸, 자네야 말로 젊은 사람들도 놀랄 만큼 아직도 그 실력이 남아 있구먼!"

두 사람은 서로 치켜세우며 자맥질을 했다. 큰 물고기를 쫓아서 속하품을 하며 깊은 곳까지 들어가기도 하고, 숨을 참으며 물속 바위에 몸을 붙여서 물고기를 기다리기도 했다.

잠깐이지만 두 사람이 그렇게 잡은 물고기와 조개는 흰파도와 새김이 어른의 며칠 양식이 되었다.

"이제부터 보내 주는 양식이 적으면 자네가 직접 잡아서 먹게."

물너울과 먼눈이는 흰파도 등을 토닥여 준 뒤 다시 큰동굴로 갔다.

"부족장 작은동굴에 갔다 오는 길이네. 헌데 거기 먹을 게 없더구먼. 특히 연세 많은 새김이 어른도 있지 않는가. 마음 좀 써 주게."

물너울이 쥐눈이를 찾아가서 사정을 하듯 말했습니다.

"잘 다녀오셨습니다. 그래 새김이는 뭘 하고 있던가요?"

"새김이 어른 시중을 들고 있었네."

물너울 말에 쥐눈이 눈꼬리가 위로 올라갔다.

"그래서 안 된다는 겁니다. 새김이는 새김질을 해야지 노인 시중만 들면 하루 종일 사냥하고 낟알을 거두어들이는 우리는 뭡니까?"

"이 사람아, 새김이 어른은 평생 동안 손이 갈라지도록 새김질을 한 분이네. 그런 분이 앓아누워 계시는데 당연히 시중을 들어야지!"

먼눈이가 소리쳤다.

"목소리 낮추십시오. 우리 부족은 옛날과 달리 식구가 많이 늘어났습니다. 함께 살아가려면 작은 일이나 개인적인 것에 매달려서는 안 됩니다. 그런 일로 오셨다면 돌아가십시오."

쥐눈이가 옆에 서 있던 장정들에게 눈짓을 했다. 그러자 장정들은 물너울과 먼눈이에게 우르르 달려들어 동굴에서 멀리 밀어냈다.

"앞으로 큰동굴 앞을 잘 지켜야겠어!"

끌려 나가는 두 사람이 들으라는 듯 쥐눈이는 큰소리로 말했다.

"이거 놔라!"

"우리 발로 간다."

두 사람은 장정들의 손을 뿌리쳤다.

그때 큰동굴 앞을 지나던 머리가 희끗희끗한 발톱이 물너울과 먼눈이를 보고 다가왔다.

"아니, 두 분이 왜……?"

"보다시피 쫓겨났네!"

물너울이 큰동굴 앞에서 있었던 일을 자초지종 말했다.

"아니, 해도 해도 너무하네. 제 놈이 누구 때문에 부족장이 되었는데……!"

화가 난 발톱이 큰동굴로 들어갔다. 붙잡을 사이도 없었다.

"아니, 저, 저 사람이 어쩌자고……!"

물너울과 먼눈이는 엉거주춤 서서 발톱의 등만 바라볼 뿐이었다.

그렇게 뜨거운 물 한 잔 마실 시간이 지나자 발톱이 씩씩거리며 나왔다.

"괜찮은가?"

―――――――――――――

자초지종 : 처음부터 끝까지의 과정

"저놈들이 사냥술과 돌도끼 쓰는 법을 누구한테 배웠습니까? 물너울 어른과 제게 배우지 않았습니까? 그런 놈들이 어떻게 이런 행동을 할 수 있습니까?"

발톱은 그래도 분이 안 풀리는지 목소리가 가라앉지 않았다.

"참게. 쥐눈이 말대로 식구가 많이 늘어났고, 옛날 같지 않아서 힘들 거야."

"아닙니다. 식구가 많은 만큼 산짐승 사냥도 많이 하고, 낟알과 열매도 많이 채집하지 않습니까? 제 배만 안 불리면 괜찮습니다."

"에이 사람, 그런 말은 하지 말게. 쥐눈이가 아무려면 제 배 채우려고 그러 겠나?"

"이런 일이 자꾸 일어나면 저는 여기 안 삽니다. 잔물결이 보고 온 그런 데 가서 사는 것도 괜찮다고 생각합니다."

"그런 말 함부로 하지 말게. 그 부족들을 치기 위해 무기 쓰는 법을 젊은 사 람들에게 가르치는 걸 몰라서 그러는가?"

"흥, 그것도 우리 불만을 잠재우려는 수단입니다. 이런 위급한 일이 있는 것 처럼 만들어야 식구들이 다른 생각을 못할 것 아닙니까?"

발톱은 분을 삭이지 못해 씩씩거렸다.

"그렇게만 생각하지 말고 좋게 생각하게."

물너울이 발톱의 어깨를 토닥였다.

"저놈이 저렇게 된 것도 다 우리 때문입니다. 나만 괜찮으면 그 만이라는 생각이 저런 놈 을 만들어 낸 거라고요.

에이, 바람 좀 쐬야겠다!"

발톱은 한바탕 속에 쌓아두었던 말들을 토해낸 뒤 한적한 숲길을 걸어서 먼 바다가 잘 보이는 언덕 쪽으로 갔다.

"어허, 저 성깔은 언제 누그러질지……!"

물너울과 먼눈이는 각자의 움막으로 들어갔다.

다음날 아침, 바닷가에는 젊은 사람들이 바쁘게 오갔다. 사냥 준비도 하고 바다에 나갈 준비를 하는 중이었다.

햇살이 퍼진 오후에는 아이들이 자맥질로 잡은 물고기를 큰동굴로 가지고 들어갔다.

그렇게 하루해가 저물어갈 때였다. 동굴 앞이 시끌시끌했다.

"사람이 죽었다. 바다에 둥둥 떠 있어!"

놀란 목소리에 움막에서 사람들이 뛰어나왔다.

"누구야? 누가 죽었다는 거야?"

"발톱이 죽었어!"

"이게 무슨 일이야?"

발을 동동 구르는 사람들, 눈물을 흘리는 사람들이 엉켜 큰동굴 앞은 어수선했다.

그러는 사이 발톱의 시신이 큰동굴 앞으로 옮겨졌다. 몸이 물에 흠뻑 젖어 있었다. 머리와 얼굴에 핏자국도 또렷했다. 사람들은 발톱의 죽음에 의문을 가지게 되었다.

“아까까지 멀쩡하던 사람이 왜 죽어?”

“언덕에는 왜 간 거야?”

슬퍼하는 사람들과는 달리 쥐눈이와 그를 따르는 젊은 사람들의 얼굴빛은 싸늘하기 그지없었다.

“여기서 이런다고 죽은 사람이 살아오는 건 아니니 모두 제 자리로 돌아가 세요.”

큰동굴 젊은이들은 쥐눈이의 지시에 따라 발톱의 시신을 숲속으로 옮겨 묻어 주었다. 하지만 발톱의 죽음에 대한 의문까지 땅속에 묻지는 못했다.

잘못된 판단

"아무리 생각해도 발톱이 언덕에 떨어져서 죽었다는 게 믿어지지 않아. 얼굴과 머리에 남은 상처가 이상하단 말이야!"

"발톱은 아직 젊은 사람들 못지않게 몸이 재빨라서 그렇게 쉽게 죽을 사람이 아니지."

사람들은 둘만 모여도 발톱에 대해 숙덕거렸다.

"혹시, 쥐눈이가 죽인 게 아닐까?"

"에이 이 사람아, 아무려면……."

"생각해 봐. 발톱이 입바른 소리를 잘하잖아. 죽은 그날도 쥐눈이에게 따졌다고 하잖아!"

사람들의 의심이 점점 깊어갔다. 이대로 있다가는 정말 쥐눈이 세상이 되고 말 거라는 사람도 있었다.

"부족장님, 발톱의 죽음을 두고 이러쿵저러쿵 말이 많습니다."

큰동굴에 사는 젊은 사람이 쥐눈이에게 바깥 분위기를 말해 주었다.

"누가 그래? 그런 말을 하는 사람을 잡아다가 그냥……!"

거기까지 말을 하며 화를 내던 쥐눈이가 바위벽에 가자고 했다. 젊은 사람 몇 명은 쥐눈이 뒤를 따라나섰다.

바위벽에는 몸이 마른 흰파도가 새김질을 하고 있었다.

옛날에 보았던 바닷속 풍경과 이제 만날 수 없는 돌고래 모습을 바위벽 귀퉁이에 새기고 있었다.

"흰파도, 수고하는구먼."

"웬 일인가?"

"나를 위해 주문을 외면서 뭘 하나 새겨 줘야겠어."

흰파도가 긴장한 눈으로 쥐눈이를 바라보았다.

"먼눈이 말에 따르면 며칠 뒤에 고래가 나타날 것이라고 했다. 그 고래를 잡아오면 저기다가 새기도록 해!"

쥐눈이는 한가운데에서도 가장 위쪽에 고래 잡는 자신의 모습을 새기게 했다.

"여긴 아무나 새기지 못해. 이 자리는 우리 부족을 위해 누구도 따를 수 없는 큰일을 한 훌륭한 분을 새기는 자리야."

흰파도는 머리를 흔들었다. 어림없는 말이라는 듯 손사래까지 쳤다.

"그러지 않으면 이 바위벽도 우리 부족에게 필요 없어. 그러면 새김이 어른도, 너도 여기 있을 필요 없겠지!"

쥐눈이는 으름장을 놓았다.

"여긴 누구도 마음대로 할 수 있는 곳이 아니야. 우리 부족의 안녕을 위해 존재하는 곳이니까 쥐눈이, 아니 부족장이 보호를 해줘야 하지 않겠나?"

"맞아. 네 말대로 이 바위벽이나 작은동굴, 나아가서 저 건너에 있는 움막과 사람들까지도 내 보호 아래 존재하는 거야. 그러니까 내 마음대로 할 수 있는 거라고. 이런 일로 너랑 실랑이하기 싫으니까 내 말을 따라!"

쥐눈이는 말을 듣지 않으면 작은동굴부터 막아버리겠다는 말을 남긴 뒤 큰 동굴로 건너갔다.

"어르신, 어쩌면 좋습니까?"

흰파도는 작은동굴에 누워 있는 새김이 노인 앞에 앉아 눈물을 흘렸다.

"흰…, 파도야, 너무 걱정하지 마라. ……, 길이…, 있을 것이다."

새김이 노인은 가쁜 숨을 겨우 몰아쉬며 흰파도의 마음을 달래 주었다.

"이 바위벽은 꼭 지키고 싶습니다. 그래서 다음 새김이에게 이 모습 이대로 넘겨주고 싶습니다. 어르신께서 제게 넘겨주셨듯이 말입니다!"

흰파도는 새김이 노인의 손을 한참 동안 잡고 놓지 않았다.

며칠 뒤 큰동굴 앞에는 통나무배들이 줄지어 떠 있었다. 흰파도와 쥐눈이가 탔던 큰 배도 눈에 띄었다.

"부족장이 나오신다!"

장정들이 허리를 숙여 쥐눈이를 맞이했다. 예전에 볼 수 없었던 모습이었다. 쥐눈이는 창을 꼭 잡고 큰 배에 올랐다. 장정들도 차례로 각자의 배에 올랐다.

"조심해!"

"큰 놈으로 잡아와!"

사람들이 뱃머리에 나와서 손을 흔들며 배웅을 했다.

"출발하라!"

고래 사냥을 나가는 모습도 옛날 물너울이 이끌 때와는 사뭇 달랐다. 전쟁터로 나가는 군인들처럼 모든 행동에 각이 잡혀 있어서 절도 있게 보였다.

사람들은 배가 모롱이를 돌아 바깥 바다에 나갈 때까지 손을 흔들었다. 쥐눈이가 미워도 어쩔 수 없는 일이었다. 고래를 잡아야 배고픔을 조금이라도 면할 수 있기 때문이다.

한편 고래사냥을 나간 배들은 고래가 나타나기를 기다렸다.

"먼눈이가 오늘은 고래가 나타날 거라고 분명히 말했지?"

"예, 부족장님, 아직 옛날 먼눈이 어른보다는 보는 눈이 좀 떨어지나 봅니다."

"그게 말이라고 하나!"

쥐눈이는 화를 버럭 냈다.

여러 척에 나누어 타고 있는 장정들도 짜증을 냈다.

그렇게 시간이 지나고 어둠이 바다를 덮어도 고래는 나타나지 않았다.

"돌아가자!"

쥐눈이가 탄 배는 서둘러 앞장서서 골짜기 쪽으로 노를 저었다.

"옛날 먼눈이 어른이 있을 때는 이런 일이 없었잖아?"

"그랬지. 지금의 먼눈이는 아직 경험이 없어서 그래."

"이렇게 허탕치고 그냥 돌아가는 일이 처음도 아닌데 뭘 그래!"

사람들은 저마다 한마디씩 하면서 고래사냥에 실패한 아쉬움을 털어냈다. 큰동굴 앞에 도착한 쥐눈이는 배에서 내리자마자 큰동굴로 들어갔다.

"먼눈이를 불러와!"

화가 많이 난 모양이다.

얼굴이 새파랗게 질린 먼눈이가 큰동굴로 들어갔다. 큰동굴 안에서는 쥐눈이의 고함소리가 쩌렁쩌렁 울렸다.

잠시 뒤 쥐눈이와 함께 큰동굴에 사는 장정들을 모두 불러 모았다.

"내일 밤에 저 산 너머 낟알을 키우는 부족 마을에 쳐들어간다. 그동안 준비한 모든 무기들을 꺼내고 각자 훈련한 대로 행동하기 바란다."

"예!"

쥐눈이가 젊은 장정들을 모아 놓고 다짐을 하듯 한 사람씩 챙겼다. 쥐눈이에게 손을 잡힌 장정들은 머리를 숙여 충성을 맹세했다.

"각자 움막으로 가서 푹 쉬도록 해라."

쥐눈이는 장정들을 돌려보냈다. 그러고는 큰동굴에서 함께 사는 장정들을 불러 모아 내일 일에 대해 밤늦도록 의논을 했다.

드디어 아침이 밝았다. 사람들의 표정이 무거웠다. 아침마다 만나면 하는 인사도 대강 하고 지나쳤다.

"큰목소리, 너는 바위벽에 가서 새김이에게 오늘 일을 미리 새기라고 해. 우리가 이기는 모습을 미리 그려 놓으면 틀림없이 이길 거야!"

쥐눈이는 흰파도가 말을 듣지 않으면 벌을 받게 될 것이라는 말도 전하라고 했다.

바위벽에 건너간 큰목소리가 흰파도를 만났다. 마침 흰파도는 새김이 어른 시중을 드는 중이었다.

"흰파도, 쥐눈이 말대로 새겨 줘."

"나는 그 일을 할 수 없어. 우리 부족은 스스로 도우면서 살았지, 남을 못살게 하거나 저 잘 되기 위해 누굴 희생시키는 일은 하지 않았어. 지금 쥐눈이가 하려는 짓은 누군가가 애써서 모아 놓은 양식을 빼앗고 우리 부족의 환심을 사려는 거잖아. 어쨌든 이 싸움은 이길 수 없어. 특히 우리는 바다에서 고래 사냥은 잘 하지만, 뭍에서 하는 사냥이나 싸움은 서투르다는 걸 알아야 해!"

흰파도는 큰목소리에게 분명히 못하는 이유를 말해 줬다. 큰목소리도 흰파도의 말을 듣고 더 할 말을 잃은 듯 그냥 돌아갔다.

쥐눈이는 큰목소리 말을 듣고 아무 말도 하지 않았다. 다만 눈꺼풀이 파르르 떨리며 얼굴빛이 얼음장처럼 싸늘해졌을 뿐이었다.

장정들은 누가 시키지 않아도 아침부터 돌도끼와 고래를 사냥할 때 쓰던 창을 갈고 손질했다. 그림자가 짧아진 한낮이 되자 장정들이 큰동굴 앞에 모였다.

"다들 모였나?"

쥐눈이가 장정들 앞에 나타났다. 마을의 장정들은 모두 모여 저마다 손에 맞는 돌도끼와 창을 높이 치켜들었다.

"지금부터 저 산을 넘어간다. 저 산 너머로 가는 길은 곁눈이가 안내를 할 것이다."

쥐눈이의 말에 따라 곁눈이와 쥐눈이가 앞장서고 그 뒤를 장정들이 따랐다.

땀을 흘리며 산을 올랐다. 거친 숨소리에 산짐승들이 놀라 도망을 갔다.

"산을 오르는 게 이렇게 힘든 줄 몰랐다."

"하긴 우리가 산을 오랫동안 탈 일이 없었잖아."

장정들은 소곤거리며 산을 올랐다.

"자, 여기가 산 정상이다. 지금부터는 어두워질 때까지 기다리자."

곁눈이는 조금만 내려가면 낟알을 키우는 부족마을이 있다고 했다.

잠시 뒤 하늘에 별이 송송 돋아났다.

때를 맞춰 바다부족 장정들은 곁눈이와 쥐눈이 뒤를 따라 낟알부족 마을로 들어섰다. 조용했다. 움막도 모두 비어 있는 것 같았다.

바다부족 장정들은 마을 한가운데까지 들어갔다.

그때였다.

"와, 침입자들이다. 잡아라!"

어두운 움막 뒤에서 사람들이 함성을 지르며 나타났다.

낟알 부족들은 높은 나무 위에서 마을을 지키는 지킴이 눈을 통해 이미 바다부족이 쳐들어오는 것을 알았던 것이다.

그 소리에 놀란 바다부족 장정들은 뿔뿔이 흩어졌다.

창과 돌도끼 한번 제대로 써 보지 못하고 도망가기 바빴던 것이다. 겨우 도망쳐서 산꼭대기에 모인 장정들은 쥐눈이를 찾았다. 하지만 쥐눈이는 보이지 않았다.

낟알부족 마을에는 불이 지펴지고 대낮처럼 밝았다. 그리고 산을 오르는 불빛이 있었다. 도망친 바다부족 장정들을 쫓는 불빛이었다.

"여기 있으면 잡힌다. 모두 돌아가자."

"부족장과 다른 사람들은 어떡하고?"

“그렇다고 여기서 모두 잡혀야겠어?”

장정들은 산언덕을 오르고 내달리며 바다 쪽으로 내려갔다.

불빛들은 계속 따라왔다. 바다부족 장정들은 처음 당하는 일이라 가슴이 타 들어가는 것 같았다.

새벽녘이 되어서야 장정 몇몇이 바다부족 마을로 겨우 돌아왔다.

“부족장은 어떻게 되었나?”

물너울이 움막에서 나와 장정들을 보고 물었다.

“갑자기 당한 일이라 어찌 되었는지 모릅니다.

“이 많은 사람을 잃었으니 우리 부족은 앞으로 어떻게 살아갈 건가?”

그렇게 바다부족들의 슬픔 속에서 날이 밝았다.

“쥐눈이 부족장이 돌아왔다!”

바다부족 사람들이 큰동굴 앞으로 우르르 몰렸다.

낟알을 키우며 사냥을 하던 부족 사람들이 상처를 입은 쥐눈이 부족장과 장정들을 풀줄기 밧줄로 묶은 채 나타난 것이다.

바다부족 식구들은 무서움에 벌벌 떨었다.

"모두 동굴 앞으로 끌어내라!"

우두머리로 보이는 사람이 소리쳤다.

낟알부족 장정들은 움막과 큰동굴 안에 남아 있던 사람들을 모두 끌어냈다. 다행히 물너울을 비롯해서 나이가 많은 사람들은 그늘진 자리에 앉게 했다.

"앞으로 이곳은 우리가 다스릴 것이다. 너희들은 지금부터 우리를 위해 물고기와 고래를 잡아야 하며, 만약에 말을 듣지 않고 엉뚱한 생각을 하면 큰 벌을 받게 될 것이다."

바다부족 사람들은 벌벌 떨며 아무 말도 하지 못했다.

그리고 모두 무거운 실망감으로 고개를 떨어뜨렸다.

돌아온 사람과 떠나는 사람

낟알 부족의 장정들이 바다부족의 움막과 큰동굴을 샅샅이 뒤져 먹을 것과 무기들을 찾아냈다.

"움막에는 하루 정도 먹을 고기와 낟알뿐입니다."

"큰동굴에는 마른 고래 고기가 켜켜이 쌓여 있고, 돌창과 돌도끼도 많이 있습니다."

장정들의 말을 들은 우두머리는 눈살을 찌푸렸다.

"이 동굴에는 누가 사느냐?"

낟알부족 우두머리가 꿇어앉은 쥐눈이를 내려다보며 물었다.

"……."

"왜 말이 없느냐?"

우두머리가 목소리를 높였다.

"저, 거기는……."

옆에 같이 꿇어앉은 큰목소리가 쥐눈이를 돌아보았다.

"네가 부족장이라고 했지 않느냐? 네가 말해 봐라!"

우두머리가 창 자루로 쥐눈이를 툭툭 쳤다.

"거기는 우리 바다부족을 이끌어가는 사람들이 지내는 곳이요."

쥐눈이도 자존심이 많이 상한 모양이다. 이를 앙다물고 우두머리를 쳐다보았다.

"저렇게 많은 음식과 무기를 쌓아놓고 왜 노략질을 하려고 했느냐?"

"우리에게는 낟알이 필요하오. 고기는 많지만 낟알이 부족해서 그랬던 거요."

"하하하……, 그러면 낟알을 더 많이 키우든지, 아니면 고기와 바꾸는 방법이 있지 않느냐?"

쥐눈이는 낟알 부족의 우두머리 말에 고개를 숙였다. 미처 자신이 생각지도 못했던 방법을 내놓는 낟알 우두머리가 더 커 보였던 것이다.

그때였다. 둘러선 낟알부족들 뒤에서 머리가 희끗희끗한 노인이 나타났다.

"그 새 참 많이 늙었소. 나를 알아보시겠소?"

노인이 절뚝거리며 물너울 앞으로 다가왔다. 물너울은 그 사람 얼굴을 빠끔히 들여다보았다.

"누구인지 모르겠소. 나를 어떻게 아는 것이요."

물너울이 아무래도 모르겠다는 듯 고개를 갸웃거렸다. 옆에 앉은 먼눈이도 두 눈을 껌벅거렸다.

"허허, 오래 전 어느 날 밤에 고래 고기를 빼앗으러 왔던 장정들 가운데……."

"오, 그랬지요! 그러고 보니 그대도 많이 늙었구려!"

두 사람은 오랫동안 만나지 못했던 형제처럼 반가워했다.

"그때 대모님께서 우리에게 고래 고기를 더 주시지 않았으면 흉년이 들어 낟알을 채집하지 못한 우리 낟알부족은 많이 힘들었을 거요. 그런데 대모님은……?"

"음, 불편하셔서 누워 지내십니다."

물너울의 얼굴빛이 어두워졌다.

"저 사람들은 우리 부족을 이끌어가는 젊은이들입니다. 하지만 저 젊은이들 마음대로 결정하고 일을 하지는 않습니다."

노인은 이미 쥐눈이가 어떤 사람인지, 바다부족을 어떻게 이끌어가는지 알고 있었다.

"그때 입은 상처가 큰 흉터로 남았을 뿐 아니라 이렇게 다리를 절뚝거리며 다닌답니다. 그래서 그때의 일을 잊지 못하고 있지요."

노인은 오래전에 쥐눈이가 휘두른 도끼에 맞은 다리를 물너울 앞에 내밀었다. 장단지에 비스듬히 난 굵고 깊이 파인 흉터가 그때의 아픔을 말해 주고 있었다.

"흉터를 보니 그때 치료해 드리지 못 한 게 미안해지는군요."

물너울이 고개를 끄덕이며 상처를 만져 보았다.

"허허, 그때 저 젊은이가 숨어 있다가 뒤에서 공격하는 바람에 꼼짝없이 당했지요. 그래서 우리 부족 젊은이들에게는 어떤 부족과 싸우더라도 비겁한 짓은 하지 말라고 가르칩니다. 그리고 붙잡혀서 자유롭지 못한 적은 더 괴롭히지 않고요."

노인의 말을 들은 쥐눈이는 점점 고개를 깊숙이 숙였다.

"지금부터 낟알 부족들은 내 말을 잘 들어라. 오래전에 우리 부족이 낟알 키우는 일도 서툴 때 사냥도 제대로 못하고, 먹을 게 부족해서 나와 형제들은 밤을 틈타 이 바다부족 마을에 숨어들었다. 너희들과 어머니들의 배고픔을 덜기 위해 고래 고기를 훔치러 온 것이었다."

노인은 그때의 일들을 자세히 말했다. 쥐눈이와 대모의 이야기도 빠뜨리지 않았다.

낟알 부족 장정들은 다소곳하게 서서 노인의 말을 들었다. 그러면서도 쥐눈이를 향한 분노의 눈빛은 감추지 못했다.

"한 사람으로 인해 그 부족이 풍요롭고 편안하게 살 수도 있고, 한 사람으로 인해 부족 전체가 어렵고 힘들어지는 경우도 있는 법이다. 그리고 나를 도와주고 베풀어 준 은혜는 잊지 말아야 한다. 해서 저 사람들을 풀어 주고 이 바다부족이 자유롭게 살 수 있도록 우리는 돌아가자."

노인은 낟알이 부족하면 사람을 보내라고 물너울에게 말했다.

"고맙소. 이번에는 우리가 은혜를 입게 되는군요!"

"하지만, 바다부족이 사는 이곳을 또 다른 부족들이 노리고 있을지 모르니 스스로를 지키는 일이 먼저일 거요."

노인은 물너울에게 고개를 끄덕여 보였다.

"저, 한 가지 부탁이 있습니다."

장정들의 우두머리가 조심스럽게 말을 꺼냈다.

"무슨 부탁인가?"

물너울이 젊은 장정을 자세히 바라보았다. 훤칠한 키에 눈, 코, 입이 뚜렷한 청년이었다.

"우리도 새김질을 구경할 수 있습니까?"

"그거야 어려운 일이 아니네."

물너울은 낮알 부족들을 데리고 바닷가로 갔다.

그 사이 쥐눈이와 바다부족 사람들은 흩어진 동굴과 움막을 정리했다.

한편 작은동굴에 도착한 낮알부족 사람들은 벽에 새겨진 그림들을 보고 감탄을 했다. 가까이 다가가서 자세히 살펴보기도 하고 만져보면서 바다부족의 재주와 모든 영혼들을 아끼는 마음에 감동했다.

우두머리는 노인을 보고 낮알부족도 새김이를 키워서 바위벽에 사냥한 짐승들의 영혼을 새겼으면 좋겠다고 했다.

"어떻게 하면 좋겠느냐?"

"우리 부족 가운데 한 사람쯤 이 일을 할 수 있게 새김이로 키우면 어떻겠습니까?"

"그거 좋은 생각이다. 하지만 이 일이 하루아침에 이루어지는 것도 아닐 테고, 배우지 않고는 하기 힘든 일이 아니겠느냐?"

옆에서 듣고 있던 물너울이 새김이 흰파도를 보고 눈짓을 했다.

"필요하면 여기 와서 배우도록 하시오."

흰파도가 허락을 하자 노인과 우두머리 청년의 얼굴에 웃음꽃이 활짝 피었다.

"작은동굴 안에 누가 있어요."

낟알부족 가운데 한 사람이 작은동굴을 기웃거리다가 새김이 어른을 보고
소리쳤다.

"예, 그 어른은……."

"그 노인은 오랫동안 새김일을 한 새김이 어른이요."

물너울이 낟알부족 사람들에게 새김이 노인과 흰파도에 대한 이야기를 들
려 주었다.

"그때 새김일을 하는 흰파도를 쥐눈이 대신 우리 부족을 위해 일할 수 있도
록 했으면 오늘 같은 일은 벌어지지 않았을 것을……!"

물너울이 새김이 노인을 내려다보면서 넋두리를 했다.

"아닙니다. 저는 이 일이 참 좋습니다."

"휴우, 이제 어쩔 수 없지. 우리 부족을 이끌어 갈 사람을 새로 뽑는 수밖에
……."

물너울은 한숨을 길게 내쉬며 새김이 노인의 손을 꼭 잡아 주었다. 새김이
노인도 누워서 천장만 쳐다보며 말없이 물너울의 손을 맞잡았다.

"이 일을 하는 사람은 왜 부족을 이끌 수 없습니까?"

낟알부족 노인이 물었다.

"영혼들과 함께 하는 사람은 마음을 모아 정성을 쏟아야 하기 때문이지요."

물너울은 못을 박듯 또렷하게 대답을 했다.

"그렇게 맑은 영혼을 지닌 사람이면 부족을 이끌어 가는 일도 맑고 깨끗하
게 할 것이라 여겨집니다만……!"

노인의 말을 들은 물너울은 눈을 깜박이며 생각에 잠긴 채 큰동굴로 돌아

왔다.

"바다부족에서 허락을 했으니 우리 가운데 한 사람을 정해서 보내도록 하고 이제 돌아가자."

낟알부족 사람들은 미리 준비한 낟알 바구니를 물너울 앞에 놓고 숲 속으로 총총히 사라졌다.

그렇게 며칠이 지났다.

바다부족 노인들과 젊은 사람들이 한 자리에 모였다. 새김일을 하는 흰파도도 그 자리에 앉아 있었다.

"그동안 쥐눈이가 우리 부족을 이끌어왔다. 하지만 여러 가지 사건과 사정으로 부족장 노릇을 하지 못하게 되었다. 그래서 이미 자리를 만들어 놓은 부족장을 누구든지 맡아야 한다. 내 생각에는 그 일을 흰파도가 맡아서 했으면 하는데 여러분은 어떤지……?"

"흰파도는 새김이가 아닙니까? 새김이는 큰동굴에도 특별한 일이 아니고는 오지 않는 전통이 있습니다. 그런데 어떻게 흰파도가 부족장이 될 수 있습니까?"

바다부족의 두 번째 자리에 앉아서 쥐눈이와 함께 부족을 이끌던 큰목소리는 은근히 시샘을 했다.

"잘못된 전통이나 맞지 않은 전통은 바꾸는 게 옳다고 본다. 그래야 모두가 편안하고 배불리 살 수 있을 것이다. 그리고 큰목소리는 이 일에 큰 책임이 있으니까 부족장을 뽑는 데 참견할 권리가 없다!"

물너울이 무거운 목소리로 말했다.

　　그렇게 흰파도가 새김일을 하면서 부족장을 맡기로 결정된 채 부족회의가 끝났다. 흰파도는 작은동굴로 돌아와서 있었던 일들을 새김이 노인에게 말했다. 새김이 노인도 오랜만에 웃음을 보였다.

　　"쥐눈이와 큰목소리가 떠난다는구먼."

　　부족들은 술렁거렸다.

　　"그런 큰일을 저질러놓고 어떻게 여기서 살아. 벌을 안 받는 것만으로도 감사하게 생각하고 당연히 떠나야지!"

　　사람들은 쥐눈이를 붙들지 않았다. 인사도 제대로 받아 주지 않았다.

　　"음, 마침 물너울과 흰파도, 아니, 부족장이 함께 있었네요."

　　물너울의 움막으로 쥐눈이와 큰목소리가 찾아왔다. 떠나겠다는 말을 하기 위해서다.

　　"쥐눈이와 큰목소리, 떠나지 말고 우리랑 함께 살자. 갈 데도 없잖아?"

　　흰파도가 쥐눈이와 큰목소리 손을 잡았다.

“안 된다. 내 마음 같아서는 너희들을 호되게 혼을 내서 내쫓고 싶다. 하지만 우리 부족장 흰파도가 너희들을 용서하는 바람에 그냥 떠나게 하는 거니까 그렇게 알고 빨리 떠나거라!”

물너울은 돌아앉았다.

잠시 뒤 사람들이 지켜보는 가운데 두 사람은 숲 쪽으로 발걸음을 떼 놓았다.

“힘들면 돌아와!”

흰파도는 두 사람을 향해 소리쳤다.

바다부족 사람들도 두 사람의 뒷모습을 보면서 한숨을 쉬었다.

“흑흑흑……!”

사람들 속에서 새소리의 흐느끼는 소리가 들렸다.

“울지마. 쥐눈이는 꼭 돌아올 거야.”

흰파도가 다가가서 새소리 손을 꼭 잡아 주었다.

“고래다. 고래가 나타났다!”

먼눈이의 고함소리에 바다 부족 사람들은 배를 타고 서둘러 바다로 나갔다.

“오늘도 저 용감한 우리 장정들과 고래의 영혼들을 새겨야겠군!”

새 부족장 흰파도가 골짜기를 돌아 먼바다로 나가는 배들을 한참 동안 바라보다가 작은 배에 올랐다.

“허허, 녀석들 제법이구나. 조심들 해라!”

작은동굴을 향해 뱃머리를 돌리던 흰파도가 자맥질하는 아이들을 보고 빙그레 웃었다, 오래전 물너울처럼!

제17회 한국해양문학상 우수상 수상작

자맥질

1판 1쇄 펴낸 날 2013년 1월 5일

지은이 소민호
펴낸이 은보람
펴낸곳 도서출판 달과소
출판등록 2010년 6월 21일 제2010-000054호
주소 우) 140-902 서울시 용산구 후암동 403-15
전화 02-752-1895 | **팩스** 02-752-1896
전자우편 book@dalgwaso.com
홈페이지 www.dalgwaso.com
찍은곳 한빛인쇄

정가 12,000원
ISBN 978-89-91223-57-8 [43810]